競作時代アンソロジー

楽《らく》土《ど》の虹

風野真知雄
坂岡 真
辻堂 魁

祥伝社文庫

楽《らく》土《ど》の虹《にじ》

目次

いよっ、若《わか》旦《だん》那《な》

風野真知雄

著者・風野真知雄《かぜのまちお》

一九五一年、福島県生まれ。立教大学卒。九三年『黒牛と妖怪』で第一七回歴史文学賞を受賞し、作家デビュー。二〇一五年「耳袋秘帖」で第四回歴史時代作家クラブシリーズ賞を、『沙羅沙羅越え』で第二一回中山義秀文学賞を受賞。著書に「占い同心鬼堂民斎」「勝小吉事件帖」（いずれも祥伝社文庫）「大名やくざ」シリーズ他多数。最新刊に『笑う奴ほどよく盗む』。

一

いると困るもの。

それは、おやじと神さまだね。

おやじは、こうるさい。説教がくどい。たいして偉《えら》くもないのに、偉そう。よく二枚目半と言われるおいらと嫌になるくらい顔が似ていて、しかも爺《じじ》むさい。

神さまも、自分では言葉に出して言わないにせよ、やっぱりこうるさい。説教はくどい。ほんとに偉いのだろうから、当然、偉そう。ろくでもないことをしていると、罰《ばち》を当ててきたりする。いつもどこかで見ていて、ごまかしようがない。

ほんと、おやじと神さまは、勘弁《かんべん》してもらいたい。

ただ、神さまはほんとうにいるかどうかはわからないが、おやじはいる。

いまも、階下でおいらを呼んでいる。

「鴻之助《こうのすけ》。早く、下りて来なさい！」

あんなにでかい声を出さなくても、ちゃんと聞こえているというのに。

「なにしてるんだ？　聞こえないのか？」

いま、面白い戯作《げさく》の途中なのだ。

「はい、はい。聞こえてますよ」

仕方なく、おいらは階段を下りた。

下は、おいらの家、すなわち瀬戸物《せともの》屋の〈伊那屋《いなや》〉の店《たな》になっている。

伊那屋ってのは、大店だよ。

天下の大通り、日本橋室町《にほんばしむろまち》の通りでも、かなり目立つくらい。

間口《まぐち》は十五間《けん》（約二七メートル）ほどかな。しかも奥行もある。

江戸の商《あきな》いは、店の間口の広さによって、課税される。広ければ広いほど、税金は高い。なのに、こんなに広くしている。

馬鹿だよね。

もっとも、先代――つまり祖父《じい》さんの代までは、ちょうどこの半分程度だった。

ところが、おやじが始めた商いが当たりに当たり、隣《となり》の店を買い取って、くっつけてしまったのだ。

しかも、商売の勢いは止《とど》まることなく、おやじはもう一つ隣の、十五間ほどの下駄《げた》屋まで買い取ろうとしている。そうなったら間口三十間（約五四メートル）。天下の越後《えちご》屋の間口に迫っちゃうよ。

言っとくけど、自慢しているんじゃないぜ。

ここまでの大店にしたのは、ご先祖さまやおやじの働きで、おいらはなに一つ、貢献《こうけん》などしていない。店先に置かれた雪駄《せった》ひとそろえの分さえ、稼《かせ》いだことはない。ただ、ひたすら使うだけ。

ほんと、馬鹿だよね。

それで、おやじがいる帳場は、前からの店舗と、新しく足した店舗のちょうど真ん中あたりにある。

その帳場にどかりと座ったおやじの前に立ち、

「なんですか、おとっつぁん？」

と、おいらは訊《き》いた。

「これから話をしようっていうのに、立っていちゃいけない。座りなさい」

「いや、座るとおとっつぁんの話は長くなりますからね。それに、いざというとき、逃げにくいし。ここでけっこうです」

「いいから、座んなさい」

おやじが偉そうに言うので、おいらは仕方なく、できるだけおやじから離れて座った。

おやじは、大島紬《おおしまつむぎ》の着物をゆったりと着こなし、両手を膝《ひざ》に置き、正座したまま、じいっとおいらを見た。皆から、いかにも大店のあるじらしいと言われるが、おいらからしたら鷹揚《おうよう》さには欠けるよね。

「それで、話ってのは？」

おいらは、気圧《けお》されそうになるのに耐えて、懐《ふところ》から銀煙管《キセル》と京伝店《きょうでんだな》で買った高級煙草《たばこ》入れを取り出しながら訊いた。

「お前、昨夜《ゆうべ》、〈立花屋《たちばなや》〉のご隠居《いんきょ》さんに届けてくれたよな？」

「なにを？」

「なにをって訊くか？　三十両《りょう》。切り餅《もち》一つのほかに、小判が五枚。届けるようにと頼んだではないか」

「ああ、あれ」

「届けたのだろう？」

おやじは、人を疑うような、嫌《いや》な目つきをして言った。

人間、こういう目つきをしてはいけない。商人はこれだからいけない。

おいらは煙草を一服、深々と吸って、すうっとする気分を味わってから、

「届けましたよ」

と、言った。

「そうか。おかしいな」

「なにが、おかしいんです」

「いや。探していた骨董《こっとう》が見つかったので、それを三十両で入手してもらうことになっていた。そろそろ持って来てくれてもよさそうなんだが」

「骨董？」

「そう。左甚五郎《ひだりじんごろう》が、ばらばらに彫《ほ》ったと言われる〈見猿《みざる》・聞《き》か猿《ざる》・言《い》わ猿《ざる》〉の三体の猿のうち、言わ猿だけがなかったのさ。それがようやく見つかって、三十両で入手できるというから、急いでお前に届けさせたんじゃないか」

「買い物の中身なんか、聞いていませんでしたよ」

「それは、忙しかったから、言う暇《ひま》がなかったのだよ」

「でも、おとっつぁん。おかしいですね」

「なにが？」

「左甚五郎と言ったら、伝説の名人ですよ」

「そうだよ」

「日光《にっこう》の東照宮《とうしょうぐう》にある見猿・聞か猿・言わ猿も甚五郎が彫ったんでしょう？」

「甚五郎は〈眠《ねむ》り猫《ねこ》〉だよ。見猿・聞か猿・言わ猿のほうは、どうなのかね」

「どっちにせよ、そんな大名人の彫ったものが三十両で入手できますか？　それは、贋物《にせもの》に決まってますよ。よかったですね、そんなもの、買わなくて。三十両をどぶに捨てるところでした」

「たしかに安いのだ。いま、あたしの手元にある二体は、どれも百五十両と百八十両も出して買ったのだ」

「百八十両？　ただの木偶《でく》に？」

おいらは呆《あき》れたね。百八十両を持って吉原《よしわら》に行けば、どれだけ楽しい思いができて、しかも人生について学べることか。

もちろん左甚五郎がどういう人かは知っているが、わざわざ自分の家に置く必要などない。おいらだったら、誰かに買わせて、ときどきそれを見に行くね。

「ただの木偶とはなんだ？」

「元は木じゃありませんか」

「だが、三体揃《そろ》えると、商売にも役に立つらしいぞ」

「商売に？」

おいらは首をかしげた。

見猿、聞か猿、言わ猿なんて、要は危ないことには関わらず、四畳半《じょう》に閉《と》じこもるようにして生きろという、なんの教訓にもならない話ではないか。

「それに、なんだ、買わなくてよかったとは？　もう、届けたのだろう？」

おやじは、また、あの嫌な目をして訊いた。

「まあ、そうですが」

昨夜、立花屋の隠居の家の前に、行ったことは行ったのである。

ところが、家のなかから、

「意地悪ねえ、ご隠居さんたら」

と変に色っぽい女の声が聞こえたのだ。

――あれ？

おいらは、開けようとして玄関の戸にかけた手をもどした。

立花屋の隠居というのは、元はだいぶ景気のいい両替屋だったそうだが、大名貸しに失敗して店を傾かせ、いまは倅《せがれ》夫婦から冷たい目に遭《あ》わされている。

家にも居にくくなって、近くに借りた家で、昔かじった知識を生かし、骨董の小商いをしているという身分である。おおかた、うちのおやじのようなカモが、何人かいるのだろう。

歳《とし》は、うちのおやじよりも五つばかり上で、六十歳くらい。

白髪で、顔なんかも、歳よりさらにしなびている。

そんな隠居の家で、女の笑いが聞こえるというのは、異様なのだ。

おいらは、垣根《かきね》沿いに横のほうへ回って、いつも隠居がいる部屋のようすを窺《うかが》った。

すると、障子《しょうじ》に映《うつ》っていたのは、まさに女の影。

影だけでも、やけにしなをつくって、色気を振りまいているのがわかった。

しかも、その女のわきに、妙な生きものの影が。あれは、狸《たぬき》か、狐《きつね》か、いや、猫か？

なんだか、怪しさ全開という雰囲気で、おいらは入る気を失《な》くしたのだった。

そして、おいらは――。

懐に三十両があって、吉原に行かなかったら、伊那屋の若旦那の名がすたるというものだろう。

もちろん吉原へ行き、三十両は消えた。

――楽しかったなあ。

つい、昨夜の幸せに酔《よ》いしれてしまうと、

「お前、これからちょっと行ってみてくれ」

おやじが、夢を覚《さ》ますような、冷たい口ぶりで言った。

「どこに？」

「だから、立花屋のご隠居の家だよ。あのあと、約束の物が届いたのか。いつ持って来るつもりなのか、聞いて来いと言っているのだ」

「はあ」

「ほら、さっさと行きなさい。お前は暇で、あたしは忙しいんだ」

おやじは、おいらを手で払うようにして、そろばんを弾《はじ》き始めた。

二

わざわざこっちから行かなくても、

「伊那屋さん。昨夜はどうかしましたか？」

と、こすっからそうな笑顔を見せ、六十歳にしては杖《つえ》でもついたほうがよささそうな歩き方でやって来るに決まっている。

だから、行ってもしようがないのだが、おいらも家にいたってしようがない。とりあえず、あの隠居には三十両つかってしまったことを打ち明け、もらったことにして待ってもらうしかないだろう。

おいらは、吉原でもてるように、青い地に宝尽《たからづ》くしの小紋《こもん》を染めた結城紬《ゆうき》の着物に着替えると、大勢の手代たちが忙しそうに動き回る店のなかから、広い室町の通りに足を踏み出した。

昼四つ（午前十時頃）の江戸の目抜き通り——。

通りからちらりと、伊那屋の表を見る。

右半分には、瀬戸物がずらりと並んでいる。店の前にあるほど安物で、高価なものほど、奥に置いてある。

商いなどまったく手伝わないおいらでも、それくらいはわかっている。

じつは、ちょっとは手伝わされたこともある。

だが、おいらはひどく不器用で、手に持った瀬戸物はかならず落として割ってしまう。もちろんわざとそうしているのだが、おやじは呆れ、おいらは瀬戸物には触《さわ》らなくていいことになった。

「品物に触らないかわりに、そろばんをやれ」

とも言われた。

だが、おいらは不器用で、わざとやらなくても、そろばんの珠《たま》は、かならず二つか三つ、いっぺんに動いてしまい、計算にならないのだ。

おやじは呆気《あっけ》にとられ、

「しばらくは見て、うちの商いを覚えろ」

と、言った。

冗談じゃない。あんな品物を見つづけていたら、目が汚くなって、吉原でもてなくなってしまう。

じつは、店の左半分にずらりと並べられた品物は、〈瀬戸《せと》の厠《かわや》〉というものなのだ。

ふつう厠の穴というのは、板の間に四角い穴を開けたようなものになっている。座って小便するときのため、前に板が張ってあるときもある。

この板で作られる厠に、陶器を持ち込んだのが、〈瀬戸の厠〉なのだ。

あの嫌な目つきのおやじが思いついた、伊那屋の看板商品だ。

陶器で四角い板の穴の縁《ふち》だけを覆《おお》い、さらに、前部に小便が飛び散らないための板のかわりに陶器の覆いがついている。しかも、さまざまな色や模様が入って、飯でも盛りたいくらいにきれいなのだ。

つるつるしているから、もちろん掃除《そうじ》も楽である。

というわけで、大名屋敷や大身《たいしん》の旗本の家、大店などで、こぞって〈瀬戸の厠〉を使うようになった。

これで〈伊那屋〉は大儲《おおもう》け。

店の広さを倍、蔵にうなる金を四倍にした。

しかも、うちのおやじってのは、性格にはいろいろ問題があるけど、商売はうまいね。

もう、江戸中の金がある家には、〈瀬戸の厠〉は行き渡ってしまっただろうと思ったころ、〈瀬戸《せと》の泉《いずみ》〉という、凄《すご》い厠をつくったんだ。

この厠がどんなに凄いものかは、いずれ詳《くわ》しく教えることになるだろうから、いまは止めておく。だが、この品物も飛ぶように売れ、しかも〈瀬戸の厠〉のほうは値をぐんと安くしたので、御家人《ごけにん》やふつうの町人も買えるようになり、こっちも売行きは伸びている。

ま、商売繁盛《はんじよう》ってことは、倅のおいらもお金の心配なしに遊べるってことで、こんなにめでたいことはないよね。

おいらは、そよそよと春風が吹く通りを、好きな小唄を口ずさみながら、立花屋のご隠居の家がある浜町堀《はまちようぼり》のほうへ向かった。

ところが――。

ご隠居の家の前には人だかり。

なんだよ、なにがあったんだよと、人込みをかき分けると、
岡っ引きの仙蔵《せんぞう》が声をかけてきた。

「よう、若旦那」

仙蔵はもう四十過ぎのおっさんだから、友だちというわけではないが、下っ引きの勘太《かんた》は友だちである。すでに家の中を調べているようだ。

「仙蔵親分。こんなところでなになさってるんです?」

「この家の隠居が殺されたんだよ」

「え?　いつ?」

「昨夜ってことはわかるが、なん刻《どき》ごろかはわからねえ。意外に早かったのかもな」

「どうしてです？」

「それはこれから調べるんだよ。見るかい？」

仙蔵親分は、なんだか饅頭《まんじゆう》の作り方でも見せるみたいな、軽い調子で言った。

「見てもいいんですか？」

「ああ。知り合いだったんだろ」

「ええ。昨夜、ここに来たんですよ」

「昨夜、来た？　まさか、若旦那が殺《や》ったんじゃないよな？」

なにかで殴《なぐ》るようなしぐさをしながら言った。

撲殺《ぼくさつ》らしい。

しかし、岡っ引きがそうかんたんに死因を教えちゃ駄目だろう。

「勘弁してくださいよ」

「なん刻ごろ、来たの？」

「暮れ六つ（午後六時頃）を過ぎて、そうは経《た》ってませんでしたよ。せいぜい半《はん》刻《とき》（約一時間）後くらいかな」

「生きてたんだ？」

「たぶんね」

「たぶんって、なんだよ」

「影しか見てないから」

そんな話をしていたら、なかから顔なじみの同心《どうしん》である塚本敬之助《つかもとけいのすけ》が顔を出した。

「いよっ、若旦那」

「これは塚本さま」

しょっちゅう、うちの店先に来ている、北町奉行所の定町廻《じょうまちまわ》り同心である。なんのためにうちに来ているのかはわからないが、ときどき吉原でうちの手代といっしょにいるのは見かけたりする。

「塚本さま。若旦那は、昨夜、ここに来たんだそうです」

と、仙蔵親分が塚本さまに言った。

「そうなの？」

「おやじに三十両届けろと言われましてね」

と、おいらは塚本さまと仙蔵親分に、昨夜、垣根沿いに横から見た光景を語った。

「なるほど。女と生きものの影か」

「そのあと、女に殴られて死んだんでしょ」

「え？　なんで知ってるの？　若旦那、そこまで見てないよな？　まさか、殺ってないよね？」

塚本さまも言った。

「見てませんし、殺ってもいません。さっき、仙蔵親分が、殴るしぐさをしたじゃないですか」

「馬鹿、仙蔵。ま、そういうことなら、ご隠居を見なよ。他の同心には内緒だよ」

おいらは塚本さまの後から、立花屋の隠居の家に入った。

ここに入るのは二度目である。

二階建てで、一階は入ってすぐが階段と板の間。次に六畳間があり、そこには隠居の倅でいまの立花屋のあるじが、神妙な顔で座っていた。

「ご愁傷《しゅうしょう》さまです」

おくやみをして、さらに奥の四畳半に進んだ。

ここに、隠居が頭から血を流して倒れていた。

「あっ」

おいらは思わず目を逸《そ》らした。

ひどい死にざまだった。

三

おいらは、吐気《はきけ》を我慢しながら、一度、逸らした目を、ふたたび隠居にもどした。

隠居の頭がばっくり割れ、かなりの血が流れていた。それでも、表情が穏《おだ》やかなのは不思議な気がした。

それにしても、いい割れっぷりだ。熟《じゅく》したざくろみたいに、頭の骨に亀裂が走っている。人の頭は、なかなかこうは割れない気がする。

「なにで殴られたんですか？」

と、おいらは塚本さまに訊いた。

「わからねえ。凶器は見つかっちゃいねえんだ」

「もしかしたら、言わ猿で殴られたのかも」

「言わ猿？」

「はい」

と、おいらは、左甚五郎の言わ猿のことを伝えた。

彫刻のような、でこぼこしたもので殴らないと、こうはならないのではないか。

「なるほど」

塚本さまがうなずくと、

「旦那。このあたりの質屋と骨董屋に訊いたほうがいいですね」

と、仙蔵親分が言った。

「ああ、そうだな」

「勘太！」

親分は二階に声をかけると、下っ引きの勘太が下りて来た。

「いよっ、若旦那」

勘太はおいらと同い歳。裏町に住む大工の次男で、おいらの幼なじみでもある。

「ああ」

「なんで、ここに？」

「殺されたのは、おいらのほんとのおやじなんだ」

「え、そうなの？」

「冗談だよ」

「まったく」

と、勘太はおいらを蹴る真似《まね》をした。

仙蔵親分は、勘太とともに外へ出て行った。いっしょに訊き込みに回るのだろう。

「こりゃあ、隠居が左甚五郎の言わ猿を手に入れたことを知った女が、殺してそれを奪ったという単純極まりない殺しだ。下手人《げしゅにん》はすぐあがるよ」

塚本さまは、暢気《のんき》そうな口調で言った。

「そうですかねえ」

「ところで若旦那、届けに来たはずの三十両はどうした？」

「え、そりゃあ」

おいらが口ごもると、

「もちろん吉原だよな」

「まあね」

「じゃあ、こうする？　若旦那はここに届けたけど、女がその三十両も奪ったって」

「そんなことして、いいんですか？」

おいらは目を丸くして、塚本に訊いた。

「いいよ。どうせ、殺してるんだもの。こうなるに決まってるんだから」

と、首に当てた手を真横に払った。

「でも、おいらはあの変な生きものの影が気になるんですよ」

「それは隠居が持っていた骨董に決まってるじゃないか」

「骨董？」

「それも持ち帰ったんだな」

「いやあ、骨董であの大きさだったら、かなり重いはずです。そんなもの、女が一人で持てはしませんよ」

「じゃあ、誰か手伝った奴《やつ》がいるのか？」

「ああ、それは……」

わからないが、大勢いるような気配はなかった気がする。

「ま、若旦那はなんの心配もいらねえ。今日も吉原かい？」

塚本さまは、おいらを送り出すみたいに肩を叩《たた》いた。

そんなふうにされたら、行きたくなくても、行かなくちゃならないだろう。

仕方がないので、おいらは浜町堀から両国《りょうごく》まで歩き、そこから舟を拾って山谷《さんや》堀、日本堤《にほんづつみ》を鼻唄《はなうた》まじりに歩いて、おなじみの吉原大門《おおもん》をくぐった。

昼九つ（正午頃）――。

もちろん吉原はまだ昼見世《ひるみせ》が始まったところ。

いいんだよなあ、昼の吉原も。おいらは、吉原を流れる風を、大きく息をして胸に入れた。

吉原は夜に限ると思っている人がほとんどだろう。

そりゃあ、夜の吉原はいいものだよ。おいらだって否定はしない。

通りに流れる三味線《しゃみせん》の音色《ねいろ》、清掻《すががき》てえやつ。これは昼間はやってない。

輝くばかりの明かりも、夜だからこそ華やかなのだ。

そして、賑《にぎ》わい。

夜の吉原は、たしかに極楽だよ。

でも、おいらくらい通になると、まったく違う。花魁《おいらん》の小皺《こじわ》が見えて、ため息に人生の疲れがにじみ出て、ふっと哀《かな》しみがよぎる、この昼間の吉原がいいんだよ。

疲れだの、哀しみがいいだなんて、自分が若旦那だから、そんなことが言えるんだなんて思うかもしれない。じっさい、面と向かって言われたこともある。

「若旦那。それは弱い者や貧しい者を見下してますよ」って。

それは大間違い。

おいらはちゃんと学んだのさ。

売られてこの町に来る貧困のひどさ。

身体《からだ》を売るってことの大変さ。

どんな美貌《びぼう》でも、やがて衰《おとろ》えさせてしまう時のむごたらしさ。

ずいぶん愚痴《ぐち》も聞いたよ。涙もぬぐってあげたよ。

なんにもせずに、ただ添《そ》い寝《ね》してあげるだけの夜だって、幾晩《いくばん》あったことか。

「若旦那ってやさしいのね」

そう言ってもらうのが、おいらの吉原遊びなのさ。

四

大門をくぐって仲之町《なかのちょう》。ちょっと歩いて右に回る。ここが江戸町《えどちょう》一丁目。

おいらを待って、恋《こ》い焦《こ》がれる花魁たちが、この通りに何人いることか。

「おや、伊那屋の鴻之助さんじゃないか」

格子のなかから声がかかった。

「おう、喜多川《きたがわ》か」

「寄ってよ」

「また、今度な」

少し歩けば、また声がかかる。

「あれ、若旦那。今日も来たの？」

「なんだ、桃路《ももじ》かよ。悪いか？」

「悪くはないけど、そんなに行ったり来たりするなら、ずっと居つづけしたら？」

「そうもいかないんだよ」

「おとっつぁんに叱《しか》られるもんね」

ちぇっ。おいらを子どもみたいに言いやがって。

桃路にあかんべえをして、この先の〈若松屋《わかまつや》〉に上がった。

ここの花魁の珠錦《たまにしき》が、おいらのなじみってやつなのさ。

「珠錦」

格子の向こうに出て来たばかりらしい珠錦に、おいらは声をかけた。

「あら、若旦那。来てくれたの？」

「うん。珠錦のことを思うと、自然と足が向いちまうんだ」

「まあ、嬉《うれ》しい」

珠錦は顔を輝かした。

愛くるしい、小さな顔。それなのに、若松屋でいちばん上の昼三《ちゅうさん》になれず、その下の座敷持ちの位に甘んじているのは、お愛想《あいそ》が下手《へた》なせいだと言われている。だが、おいらに言わせりゃ、そこがいいのだ。

歳はおいらより一つ上の二十三。十六の歳から吉原で働いているので、もう七年になる。あと三年で年季が明ける。

「揚《あ》がるぜ」

すっかりなじみの若松屋に揚がると、

「あら、若旦那。また、来ちゃったの？」

「おや、若旦那」

「まあ、若旦那」

花魁たちがあちこちから声をかけてくる。

「若旦那。今日あたりは空《から》っけつでしょ？」

「若旦那。お腹空《なかす》いてません？」

などと、帳場や台所のほうからも、声をかけられる。十五の歳から通い始めて八年。なんだかんだいって、おいらはここで大人になったのだ。

珠錦の部屋に入り、

「若旦那」

「珠錦」

手を取って、見つめ合うが、

「あれ？」

おいらはじいっと珠錦に目を近づけた。

「あんた、疲れてるだろ？　顔色がよくないぞ」

「あら、そうですか？　でも、無理はありませんよ。昨夜、化け物が出て、捕まえようと大騒ぎになったんだから」

「昨夜？」

「若旦那が帰ったあと」

「化け物が?」

「そう。狸だか、狐だか、猫だかよくわからない、化け猫みたいなお化けなの」

「へえ」

おいらは、昨夜、立花屋の隠居の家に行ったときのことを思い出した。あのとき障子に映っていた影も、まさに狸だか狐だか猫だかわからない姿だった。

まさか、あいつがおいらの後をつけてきた?

「化け猫を捕まえようってのも凄いでしょ」

「ああ。そんな度胸《どきょう》のある奴が、吉原にいたのか」

もちろん吉原にも、お役人だのやくざがかった若い衆だのはいるが、お化けは苦手そうな連中ばっかりである。

「そりゃあ、吉原の人間じゃあない。凄腕そうな岡っ引きよ」

珠錦がそう言ったとき、

「よっ、若旦那じゃありませんか」

下から声がした。

おいらは、二階の通りに面した窓にもたれるようにして、珠錦の話を聞いていたんだけど、下の道からこっちを見上げている男がいた。

「あ、三八親分《さんぱち》」

人呼んで〈流し目三八〉。人形町《にんぎょうちょう》一帯を縄張りにする岡っ引きである。

この三八親分というのは、とにかく優秀な岡っ引きなのだ。これまで立てた手柄《てがら》の数といったら、数え切れないだろう。

仙蔵親分なんか、この三八親分と比べたら、月とすっぽん、星と砂。うどんと糸屑《いとくず》、風とため息。

ただ、おいらはどうにもこの親分が苦手なんだよ。

とにかく、生真面目《きまじめ》で、だらしない町人を見かけちゃすぐに説教を垂《た》れる。おいらみたいな、吉原通いをつづける軟弱な若者なんてのは、大っ嫌いというのが、話しているとびんびん伝わってくる。

縄張《なわば》りから言えば、立花屋の隠居が殺された件も、本来、この三八親分の出番なのだ。仙蔵親分がうろちょろしていたのは、塚本さまが動いたからだろう。江戸の岡っ引きたちの縄張りは、やくざの縄張りなんかと違って、だいぶ適当だったりする。

「あの人だよ、鴻之助さん」

と、わきから珠錦が小声で言った。

「え？」

「ほら、化け猫を捕まえようとしているのは」

「なるほどな」

三八親分はまだ、こっちを見ていた。

「若旦那。いつからここへ？」

「いま、来たばっかりだよ」

「昨夜も来てたんですよね？」

「うん。でも、泊まってなんかいないよ」

「あっしは、そろそろご商売に身を入れるべきだと思いますがね」

「そう思うんだけどさ」

おいらがそう言うと、珠錦が袖《そで》を引っ張ったので、

「こいつが離さないんだよ」

つい、そう言ってしまった。

すると、三八親分はむっとしたように、踵《きびす》を返し、立ち去ってしまった。

「ああ、怒らせちまったぜ」

「いいじゃないの、岡っ引きなんか。若旦那は、同心さまに可愛《かわい》がられているで

しょ」

「あの人は面倒臭いんだぜ」

ほんとに、どこで仕返しされるかわからないんだ。

「ね、若旦那。一っ風呂浴《ぷろあ》びたら？」

珠錦は甘えるように言った。

若松屋には内湯がある。ときどき、ここでいっしょに湯に浸《つ》かったりもできる。

いいんだよねえ。昼の吉原で、花魁といっしょに湯に入るのは。

「そうだな。けど、その前に」

「厠？」

「厠も行きたいが、どこに化け猫が出たの？」

「花錦《はなにしき》さんの部屋よ」

「見たいな」

「いいけど」

花錦の部屋は、珠錦の隣。角部屋になっていて、日当たりや風通しもいい。さすが昼三の部屋は豪気である。

おいらは花錦の部屋の前に行き、襖《ふすま》に手をかけ、

「花錦さん」

と、声をかけた。

「花錦さん、いないよ」

後ろで珠錦が言った。

「どうしたの？」

「落籍《ひか》されちまったの」

「そうなのか」

襖を開けると、なかは空っぽだった。

「ここで、化け猫が鳴いてたのよ。その姿が、窓の障子に当たり、向こうの女郎屋で妓《おんな》たちが見て、大騒ぎになったってわけ」

「障子の影だけで？」

「それと、鳴き声も変だったから」

「ふうん」

おいらは、あるじがいなくなった部屋を見回した。

けっこう荷物は置きっぱなしになっている。吉原を思い出すようなものは、持

って行きたくないのだろう。

棚《たな》には人形などが並べてあるが、一か所だけ不自然に隙間ができているのが、おいらは妙に気になった。

五

「次は厠？」

「ああ、そうだな」

湯に入る前に厠に行きたい。

「ふっふっふ」

珠錦が嬉しそうに笑った。

「なんだよ」

「いいから、いいから」

珠錦が後をついて来た。

「あれ？」

厠の場所がちょっと変わっている。わきのほうに動いたのだ。

戸を開けると、

「あ」

おいらは驚いたね。なんと、〈瀬戸の泉〉が入っていた。

「いいわよねえ、これは」

「やっぱり、そうかい？」

きんかくしの手前が、受け皿みたいになっていて、ここに用を足しながら置いてある手桶《ておけ》から自分で水を入れるのだ。

すると、水が陶器のなかを伝って、後ろのほうから流れる仕掛けになっている。

「ぜんぜん臭《にお》わない」

「まあな」

確かにそうなのだ。

この〈瀬戸の泉〉は、臭いを消すためのさまざまな工夫がなされている。

まず、出たものを溜《た》める桶は、真下にはない。水で流され、陶器の管を通って、ちょっと離れたところに埋められた桶のなかに入る。

「だったら、そっちが臭いだけだろう」だって？

そう思うよね。厠の臭いが消えても、よそで臭ってちゃしようがないって。ところが、うちのおやじはそこらもちゃんと考えたのさ。

肥桶を埋めた上には、蓋《ふた》が置かれる。この蓋ってのは、炭をいっぱい並べたものでできてるんだ。この炭ってのは、臭いを吸い取ってしまうらしいね。

さらに、この蓋の周りに、ずらっと松《まつ》や紅葉《もみじ》の盆栽《ぼんさい》を並べる。この盆栽ってのも、臭いを吸い取るんだと。しかも、見た目もきれい。

この〈瀬戸の泉〉は、もちろんおいらの家にもついている。

それで、これで用を足すようになると、ほかの家の厠に入れなくなってしまう。臭いし、汚らしいしって感じてしまうんだ。贅沢《ぜいたく》だとは思うけど、こういうことって後戻《あともど》りはできなくなるんだよ。だから、用を足すため、いちいち家に帰らなくちゃならないんだ。

それにしても、吉原にも凄い勢いで伊那屋の品が進出して来ていた。

「若旦那の店、凄いね」

「でも、おれが凄いわけじゃないから」

「若旦那って謙虚《けんきょ》よねえ」

珠錦はますますおいらに惚《ほ》れたみたい。

それからは、二人で湯に浸かり、あっちを触り、こっちを触り、布団《ふとん》に入っちゃあ、「死ぬ」の「生きる」のと騒いで、心地よく一眠り。

結局、〈伊那屋〉にもどったのは、七つ（午後四時頃）近くになってからだった。

そっと二階に上がろうとすると、

「鴻之助！」

後ろから声がかかった。

「あ、いけねえ」

「なにがいけねえだ。この馬鹿」

おやじがどたどたやって来て、おいらの頭でも一発殴ろうとすると、後ろからおふくろが止めに入ってくれた。

「お前さん。そんなにがみがみ言わなくてもいいじゃないか」

「なに、言ってるんだ。お前がそうやって甘やかすから、こいつはいつまでも商売に身が入らないいし、吉原にばっかり通っているんじゃないか」

「でも、いま、吉原から注文が殺到しているのは、鴻之助のおかげじゃないですか」

へえ、そうなのか。

それは初めて聞いた。だったら、おいらの吉原通いも役に立つことがあるんだね。

「どこに行ってたんだ?」

「勘太の家ですよ。おとっつぁん、大変なことがあったんですよ。立花屋のご隠居さんが殺されたんです」

「知ってるよ、そんなことは」

「え、知ってるんですか? まさか、おとっつぁんが殺ったわけじゃ?」

「なにをくだらないことを!」

おやじが、またも拳《こぶし》を振り上げて向かって来るのを、

「お前さんたら」

と、おふくろがおやじの腕にぶら下がって止めてくれる。

「あたしは、塚本さまから聞いたんだ。三十両も奪われたらしいな」

「そうなんですよ」

「なにがそうなんですだ。どうしてそういうことを、すぐ帰って来て言わないんだ?」

「それが、動揺してしまって」

と、おいらは傷ついた猪《いのしし》の子のような顔をして、俯《うつむ》いてみせた。

「ほら。鴻之助ったら、可哀《かわい》そうに」

「そりゃあ、動揺するのも無理はないが」

おやじの矛先《ほこさき》も鈍《にぶ》くなった。

「こんなときは、どうしたらいいんですか？　出家したほうがいいですか？」

おいらはうなだれたままで訊いた。

「出家？　馬鹿言っちゃいけない。なんで、たいした間柄でもないのが死んだからといって、お前が出家しなくちゃならないんだ」

「だって、おとっつぁんの剣幕を見ていたら、それくらいしないとまずいかなと」

「それは、お前がぐずぐずしてたからで。いいよ、もう。それより、香典《こうでん》を届けてくれ」

「わかりました」

おいらは素直にうなずいた。

預かった香典をたもとに入れて、おいらは再び浜町堀に近い亡くなった隠居の家に向かった。

香典の額は、なんと五両。

「多すぎるのでは？」

と言ったら、

「馬鹿言え、伊那屋くらいの身代になったら、もうけち臭いことはできないのだ」

偉そうに、おぬかしになった。

そんな五両なんてお金を、死んだ人間が使えるわけがない。ということは
――？

「今宵《こよい》もまた、吉原が呼んでいる」

おいらは懐の五両を軽く叩き、いい気分で歩き出した。

そろそろ桜が咲き始めるという季節である。穏やかな風は、吸い込めば、煙草の煙より心地よい。

今宵は珠錦と、夜桜を見ながら、ちろりちろりと飲むことにしよう。

そのときだった。

横にすうっと人が立った。

「ん?」

見ると、なんとさっきまで吉原にいたはずの、三八親分ではないか。

「伊那屋の若旦那」

三八親分は、低い声で言った。

「なあに?」

「ちっと、そこの番屋まで、お越しいただけませんか」

「なんで?」

「もしかしたら、そのままお縄をかけさせてもらうかもしれません」

三八親分の頬《ほお》には、薄い笑みがあった。

六

おいらは、三八親分に押されるようにして、近くの富沢町《とみざわちょう》の番屋に入った。なかにいた町《ちょう》役人と番太郎《ばんたろう》が、顔を見合わせ、軽く目配《めくば》せをした。三八親分の、この界隈《かいわい》での好かれようがわかるというものである。たぶん、三枚に下ろしたへビくらいには好かれている。

「お茶、出してくれ」

三八親分はそう言って、上がり口に腰をかけたおいらの前に立ち、

「若旦那、よくないね」

十手《じって》を撫《な》でながら言った。

「なにが?」

「お立場が」

「ふうん」

持って回った言い方である。

三八親分は苦労人だと聞いた。魚を食うときは、骨はおろかウロコやヒレまで食べたらしい。一度、魚を猫に奪われたときは、その猫を食ったという噂《うわさ》もある。それくらい貧しかったから、人が悪くなったのだと。

でも、仙蔵親分のところで下っ引きをしている勘太は、子どものころから無茶《むちゃ》苦茶《くちゃ》金に困っていたけれど、まったくいい奴だからね。

もっともあいつは友だちにだけは恵まれたからな。なんせ、このおいらが、ずうっと友だちだったんだから。

三八親分は、さぞかし友だちは少なかったんだろうな。

「まず、昨夜、殺された隠居の家の近くで、若旦那を見かけた人がいます」

と、三八親分は言った。

「そりゃそうだよ。あの家に行ったんだもの。そのことは、塚本の旦那にも、仙蔵親分にも話してありますよ」

「なるほど、先手を打ったわけですね」

撫でていた十手を、今度は縦《たて》に構え、先っぽを天井に向けた。

「先手？」

おいらは、その十手の先端を見ながら訊き返した。

「そう。若旦那が見かけによらず、意外に気が回ることを、あっしは勘づいてますぜ」

「そりゃあ、どうも」

褒《ほ》められた気はしないが、いちおう頭を下げた。

「それで、若旦那は昨夜、三十両という大金を、吉原で散財なさいました」

「そう。ぱぁーっとね。でも、得るものも多かったから、おいらは散財とは思ってないいんだ」

「なにが得るものですか。幇間《ほうかん》にくだらねえ芸を習っただけでしょ」

「くだらぬ芸？」

「犬のぷるぷるとかいう、身体を震わせる芸」

三八親分は、昨夜のおいらの行動を、くわしく調べたらしい。

「あれ、くだらないかな。できるようになったら、凄く役立つぜ。雨に濡《ぬ》れたときも、たちまち身体を乾かせるんだ」

「三十両も出して習うことですか。傘、買ったほうが、ずっと安く済みますぜ」

「まあね」

とは言ったが、芸というのはそういうもんじゃない。

だいいち、それに三十両をぜんぶ使ったわけではない。見世《みせ》の若い衆が、「江戸のそばより信州《しんしゅう》のそばのほうがはるかにうまい」なんて言うから、信州のそばの出前を頼んだのだ。もりそば二十五人前。いつ届くかわからないけど。

そういうのもぜんぶ含めて三十両だから、驚くほどの散財ではない。

「たしかに若旦那のところは大金持ちだ。でも、二十二歳の若造に、遊ぶ金を三十両も渡すほど、伊那屋の旦那が愚《おろ》かなわけがねえ」

「まあね」

「若旦那だって、あぶく銭みたいな金だから、くだらねえ使い方ができた」

「だから、くだらなくはないんだって」

「いやいや、いままでだってあんな使い方はしてなかったでしょ」

「そりゃそうだけど」

たしかに一晩に三十両ってのは初めてだった。

「ということは、誰かから奪ったに違いねえ」

「奪った?」

「殺された立花屋の隠居は、行きつけの飲み屋なんかじゃ、近々、三十両を入手できると言ってたんです」

「そうなんだ」

「奪ったんでしょ?」

三八親分は、笑いながら訊いた。

「奪ってないよ」

おいらも、笑いながら答えた。

「まだ、白状しませんか。それなら、決め手がありますぜ」

「なあに?」

「若旦那は、昨夜、吉原に来たとき、袖にべったり血がついていた。それは、大勢の花魁が見ていることだから、間違いはねえ」

「血？」

いつ血なんかつけたのだろう。

「そう。あのどす赤い色合いは、血以外のなにものでもねえ」

「ああ、血ね」

やっとぴんと来た。

「白状しましょうよ」

と、三八親分はじれったそうに言った。

「なにを？」

「立花屋の隠居を、つい殴っちまったって」

「殴ってないよ。おいらは」

「若旦那、これだけの証拠が揃っているんですぜ」

「どれも証拠にはならないと思うよ」

「いや、岡っ引きからしたら、充分だね」

三八親分は手柄も多いけど、冤罪《えんざい》も多いと評判である。こうやって、怪しいと思う相手を、しつこく、自分の都合のいいように追い詰めていたら、やってもいないことをやったと言ってしまう人間もいるだろう。

だが、おいらはそんなことにはならないね。

やったこと、やらなかったこと。やるべきこと、やるべきでないこと。それくらいの区別はつけて生きているつもりだぜ。

おいらは、三八親分を見て言った。

「じゃあ、いまから血の正体を見に行こうじゃないの」

七

昼見世も終わり近くなって——。

またも吉原にやって来た。

おなじみの〈若松屋〉に顔を出せば、

「あれ、若旦那、帰ったんじゃなかったの?」

「まだ、いたの、若旦那?」

「もう、帰ったほうがいいよ、若旦那」

などと、花魁たちから声をかけられた。

「親分は、ここの何人かの花魁に訊いたんでしょ。おいらがたもとに血をつけてたって」

「まあ、そうなんだが」

「血っていうのは、そこにあるやつ」

と、おいらはここの楼主《ろうしゅ》がいる帳場のわきを指差した。

「あそこに南蛮《なんばん》の瓶《びん》があるでしょ。あれに入った酒。ぶどう酒」

「ぶどう酒ですって」

「そう。あれ、こぼしちゃったの。それで、おいらも悪いんだけどね、若旦那、それどうしたの？　って訊かれて、犬に嚙《か》まれちゃってとか冗談言ったりしたから」

「なんでそういうくだらねえ冗談言うんですか？」

三八親分はムッとしたらしい。

「だって、まさか人殺しを疑われるとは思わないもの」

こんなやりとりをわきで聞いていた花魁たちが、

「人殺し？」

「若旦那が？」

「そんな馬鹿な」

と、騒いだ。

「そりゃあ、頓珍漢《とんちんかん》な疑いだよ」

「若旦那は気がやさしくて、虫一匹も殺せないんだから」

「親分、どうかしちゃったんじゃないの」

あまりにも花魁たちがおいらをかばうものだから、三八親分もかなり気を悪くしたみたいで、

「わかりました。あれはぶどう酒でした。でもね、たとえあれがぶどう酒だったとしても、若旦那の疑いが晴れたわけじゃありませんぜ」

と、言った。

三八親分は、ほんとにしつこいよね。

だが、とりあえず疑いも晴れて、表に出たそのときだよ。

「あ、化け猫！」

正面の路地の向こうで、誰かが叫んだ。

「化け猫？」

と、路地のなかを見たとき、家と家のあいだを茶色い毛玉みたいなものが駆け抜けた。人によっては、大きな枯葉が飛んだみたいに見えたかもしれない。

ほんとに一瞬だけ。

「追いかけよう」

三八親分は、恐る恐るといった感じで、路地の向こうに回り込んだ。

おいらもそのあとを追ったが、化け猫らしきものの姿は見当たらない。

「駄目だ。いなくなっちまった。化け猫だけに、どこかへすうっと消えちまうんだな」

三八親分がもどって来て、そんなことを言ったので、

「あ、あれが化け猫ですって。あっはっは、違いますよ。あれは、西洋の猫ですよ。おいら、なんべんも見たことがありますぜ」

と、教えてやった。

たぶん、かちんと来るだろうなとは思ったけどね。

案の定だよ。

「若旦那。嘘《うそ》でしょ」

と、三八親分は言った。

「なんで？」

「いま、あっしも化け猫が駆け抜けるのは見ました。でも、一瞬ですよ」

「そう。一瞬だったよ」

「わかるわけがねえ。西洋の猫もなにも、犬か猫かもわからない。そういう嘘つくから、若旦那はますます怪《あや》しくなるんですぜ」

「おいらは一瞬で、いろんなものを見て取ることができるんだ。これは、おいらのほとんどたった一つの才能なのさ」

「そんな才能なんかありませんよ」

三八親分はそう言ったが、

「そうよね。若旦那はぱっと見ただけで、弁当の中身をぜんぶ言えたことがある」

と、またもや花魁が、かばってくれた。

「そんな話、あっしは信用しねえ」

「じゃあ、やってみようか？」

「どうやるんです？」

「この路地の向こうを、花魁に走ってもらうんだよ。それで、誰か、当てるってわけ。おいらは当てられるぜ。親分には無理だろうけど」

「いいでしょう、やってみましょう」

それで、花魁たちに頼んで、走ってもらったんだ。

路地の向こうだから、ほんと、見えるのは一瞬だよ。

親分なんか、猿が走ったって、見分けはつかなかっただろう。だが、おいらは、

「熊吉《くまきち》だろ」

「早苗《さなえ》だ」

「若尾《わかお》」

「珠錦」

「あ、小錦《こにしき》」

ぜんぶ当てた。

これには三八親分もすっかり気を悪くして、

「若旦那も、つまらねえ特技を磨《みが》いてないで、家の手伝いしたほうがいいですぜ」

そう言い捨てて帰って行った。

八

さっきの化け猫がどうなったか訊いてみると、

「誰かが捕まえて、持ち去って行ったみたいだぜ」

と、大門の近くにいた若い衆は言った。

「へえ」

もしかしたら、飼い主が来ていたのかもしれない。

「ま、これで化け猫騒ぎもなくなるでしょ」

いま、走るのを手伝ってくれた、おいらのなじみの珠錦が言った。

「でも、なんで西洋猫がここにいたんだろう？」

おいらは首をかしげた。

「もしかして、花錦さんが飼ってたのかな」

「でも、隣の部屋で飼ってたら、わかるだろう？」

「ずっと飼っていたらわかるけど。そういえば、落籍《ひか》される前の何日か、猫の鳴き声がしていたんだよ」

「だったら化け猫もその猫なんじゃないか？」

「でも、ふつうの猫の鳴き声だったわよ」

「ふうん」

「あれって、猫を見られないように飼っていたのかも」

花錦の部屋を、もう一度、見せてもらうことにした。

今度は畳《たたみ》の隅《すみ》をじいっと見た。

「ほんとだ、猫の毛だ」

指先にくっつけて眺《なが》めた。一本がかなり長い。たぶん、あの猫だ。見たことがある。目が青かったりするんだ。

「花錦って、誰に落籍されたんだい？」

と、おいらは訊いた。

「え？　若旦那、ご存《ぞん》じなかったんですか？」

珠錦は意外そうに言った。

「知るもんか。おいらは、お前のことしか知りたくないから」

「定八《さだはち》さん」

「定八って、うちの番頭の？」

「そうよ」

「ええっ」

定八ってのは、うちの三番番頭をしているのだ。

ただ、外回りの仕事が多く、店では夕方くらいしか見かけない。

普段はあまりしゃべらないが、話しかけられると受け答えはそつがない。

「へえ、あの人、おとなしい顔して、やるもんだな」

おいらは感心して言った。

「おとなしくないですよ」

珠錦は首を横に振った。

「そうなの？」

「ここでも亭主面《づら》して、花錦さんにも偉そうにしてましたよ」

「よく、ここでおいらと鉢合わせしなかったな」

「でも、このなかでは、ときどき会ってたでしょ」

「あ、会ってた。おいら、てっきり吉原にうちの品を入れるので来てるんだと思ってた」

「ま、それもあったんでしょうけど」

「そうか、定八なのか」

生真面目で、几帳面《きちょうめん》で、悪事なんかできそうもない小心者。うちのおやじはぜったいそんなふうに見ている。

だが、おやじは甘い。そういう奴に限って、裏の顔がある。おいらはここ吉原で、それを学んだのさ。

九

おいらは舟を使い、急いで家にもどった。

すでに暮れ六つ（午後六時頃）も過ぎたというのに、店の者は皆、忙しく働いている。なまじ繁盛すると、店の者も大変だよね。おやじは繁盛させ過ぎなんだよ。

おいらがもどって来ると、皆はちらちらとおいらを見る。心で思っていることはだいたいわかる。

――若旦那、また、吉原かな。

――伊那屋も大きくなったけど、この代で終わりだな。

――人は悪くないんだけど、遊びが過ぎるよ。

――羨《うらや》ましいよ、おれもあんな暮らしを送りたいね。

――また、おやじさんに怒られるぞ。

等々。

おいらのほうは、そんな視線はいっこうに気にせず、帰っていた定八をちらちら眺めた。

今日、外で取って来た注文を書きつけ、職人の手配をするのだ。たぶん、吉原でも何件かは注文を取ったのかな。

「定八ってのはどういう奴なんだい?」

おいらは、近くにいた一番番頭の九《きゅう》五郎《ごろう》に訊いた。この人は、おいらが子どものときから番頭をしていて、番頭というより、叔父《おじ》さんて感じかな。じっさい、遠い親戚に当たるらしい。

「真面目ですよ」

「ほんとに真面目かい?」

「なんで、そんなこと、訊くんです?」

「昨日、吉原で見かけたぜ」

「それは仕事ですよ。もう、大見世の七軒に、うちの〈瀬戸の泉〉が入るんですよ」

「うん。そうらしいね」

「若旦那が吉原でもてるのも、あいつのおかげかもしれませんよ」

九五郎もわかっていない。

それは逆。おいらがたっぷりお金を落としてやるから、向こうもうちの品物を入れてくれてるのだ。たぶん、その七軒というのは、おいらが通っている見世に決まってるぜ。

「定八は独り身じゃないだろ?」

「ええ。おかみさんも子どももいるはずですよ」

「そうか」

おいらは、おかみさんと子どもに恨《うら》まれてしまうかな。だが、それなりの蓄財はしてるだろうから、路頭に迷うってことはなさそうである。

次に、おいらは留守《るす》をしているおやじの部屋に入った。

隣ではおふくろが、三味線の師匠を呼んで三味線の稽古《けいこ》をしていた。

「おや、鴻之助」

「うん。ちっと、おとっつぁんの部屋に入るよ」

「なんか持ち出すなら、ばれないようにおやりよ」

おふくろにはばれてるんだよね。おいらの吉原の金の捻出《ねんしゅつ》法。

「わかってるよ」

でも、この部屋には滅多《めった》に入らない。おいらが狙うのは、置き忘れたおやじの巾着《きんちゃく》がほとんどなのさ。

なんせここは骨董の山。おやじが言うには宝の山。でも、おいらからしたら、どう見たってゴミの山。

殺された隠居みたいな、うさん臭い連中に、うまいこと言われて買い集めたものばかりだ。

こんなに集めてなにするんだろう。

右の棚のところに、猿が二匹いた。

〈見猿〉と〈聞か猿〉。

「ははあ、これか」

想像していたのとは、まるで違っていた。いまにも動き出しそうな猿なのだ。

ほかの像にはない、迫力がある。

たしかに、こんな猿を彫ることができるのは、あまりいないかもしれない。手に取って、眺め回すと、足の裏に「左」と彫ってあった。見猿にも聞か猿にもある。いかにもあたしが彫りましたという文字である。

「これで、左甚五郎の作だってわけか」

その文字をじいっと見る。

――待てよ。

おいらは、びっくりするようなことを思いついた。

十

うちの店を出て、大通りを北に。

十軒店《じっけんだな》も通り過ぎ、本石町《ほんこくちょう》の三丁目。

おいらがやって来たのは、〈長崎屋《ながさきや》〉だった。

ここは、もともと薬種問屋だったけど、いまはオランダ人の常宿として有名なんだ。もちろん、薬種の商《あきな》いもつづけているけどね。

ここも暮れ六つ過ぎても、商いはまだ終わっていない。

おいらが店に顔を出すと、

「おや、伊那屋の若旦那」

あるじの源右衛門《げんえもん》さんが声をかけてきた。

同じ通り沿いの店だから、おいらのことはわかっている。なにせ、十五歳のときから吉原通いの馬鹿息子として有名になっちゃったからね。

「いまは、オランダ人はいませんよね？」

と、おいらは訊いた。

「ええ。十日ほど前に長崎へ帰って行きましたよ」

「そのオランダ人、猫、持って来てませんでした？」

「え？」

「その猫、逃げ出したりしてませんか？」

「若旦那、誰に聞きました？」

源右衛門さんは声を低めて訊いた。

「誰に聞いたっていうより、吉原界隈で化け猫騒ぎがあって、それはたぶん西洋猫だろうって当たりをつけたんですよ。それで、江戸で西洋猫がいるとしたら、ここから逃げたと考えるしかないでしょ」

「じつは、突然、消えてしまって、大騒ぎでしたよ。でも、長崎からわざわざ猫なんか持って来るほうがおかしいんですよね」

「どうなりました？」

「もし、見つかったら、可愛がってくれって」

「ところで、こちらではまだ、うちの〈瀬戸の泉〉を入れてないですか？」

「入れましたよ、若旦那。ちょうど異人が帰る少し前で、一日だけ、使ってもらいました。びっくりしてましたよ。こんなものはオランダにもないって」

「へえ、そうなの」

おいらはてっきり、おやじが西洋の物真似《ものまね》をしたのかと思っていた。してみると、あのおやじは、意外に才能はあるのかしらね。

「工事の担当は？」

「定八っていう番頭さんが来てましたよ」

やっぱりそうだった。

あいつはここで、猫を盗んだのだ。

その方法もわかった。瀬戸の泉を使ったのだ。厠の穴に放り込み、管を通して埋められている桶《おけ》に落とし、外で捕まえたのだろう。

それで、猫好きの花錦の機嫌を取ったのだろう。

「定八は、オランダ人からなにか買ったりはしてなかったですか？」

「どうかなあ。でも、いろんな人が来て、売り買いやら、交換やらしているから、物を買ったりしてたとしても不思議はないよね」

「ですよね」

おいらは礼を言い、次に向かった。

十一

その人は、おそねさんといって、二十五歳くらいの凄い美人なんだ。

父親はオランダ人だという噂がある。

どうも、本当らしいよ。

異国のことにも詳しくて、長崎屋にも近い本銀町《ほんしろがねちょう》で手習いの師匠をしているんだけど、男はお断りなんだよ。なんせ皆、口説《くど》こうという気持ちで来るのが見え見えだからさ。

「おそねさんに教えてもらいたいことがあって」

おいらがそう言って訪ねると、

「ごめんね。あたし、男の人には教えないの」

やっぱり断られた。

「でも、おいらは純粋に教えてもらいたいんです。厭《いや》らしい気持ちはありませ
ん」

「ほんとかな？」

「ええ。なんなら、後ろ向きでお訊きしましょうか？」

冗談を言うと、軽く笑ってくれて、

「なにを知りたいの？」

と、言ってくれた。

「見猿、聞か猿、言わ猿ってありますね」

「うん、あるね」

「あれって、日本の言葉のだじゃれでできてるから、日本にしかないものだと思
ってしまいますよね」

「そうね」

「もしかして、西洋にもあるんじゃないですか？」

「よく、わかったわね」

「やっぱり、あるんですか？」

「うん。なんて呼ぶのかは、あたしも知らないよ。でも、三匹の猿が、目をふさぎ、耳を閉じ、口を押さえているものはある。それは、西洋だけでなく、もしかしたら、世界中のいろんな国にあるんじゃないかな」

「へえ」

これで、あの見猿、聞か猿、言わ猿の正体はわかった。

西洋の彫刻。だから、日本のものにはない、異様な迫力があるんだ。

定八が入手したのは、たぶん前回、オランダ人が来たときだろう。でないと、日にちの経過が合わなくなる。

「もう一つ、教えてくださいい。西洋の字に、こういうのってありましたよね？」

おいらはそう言って、土間のところに落ちていた炭のかけらで二つの文字を書いた。

それは、tとHという字だった。

「あるわよ」

と、おそねさんはうなずいた。

「これが彫刻の足の裏に書いてあったら、どういう意味になります?」

「彫刻の足の裏?　だったら、それは、彫った人の印みたいなものだろうね」

「印?」

「そう。たいがい名前と姓の最初の字を書くの」

「なるほど」

これは、tとHがつく名前の人が彫った。

だが、この二つの文字を、横にすると、「左」という字に見えてしまう。

十二

もう、ずいぶん見えてきたよね。

おいらは勘太に事情を話し、店を出てからの定八のあとをつけてもらったんだ。

「どうだった?」

「あの番頭さん、三河町《みかわちょう》に妾《めかけ》を囲っていたよ」

「どんな女だった?」

「お花《はな》って呼んでいたけど、素人《しろうと》っぽくはないね」

やっぱり花錦だろう。

「猫はいなかったかい？」

「いたよ。化け猫みたいなのが」

「やっぱり、そうか」

「凄いね、あの猫」

「なにが？」

「元気極まりないって言うか。ものすごい暴れようなんだ」

「ふうん」

「番頭さんが下手人なのかい？」

「ああ、いまからそれを、最後の謎を確かめるんだ。いっしょに行くか？」

「もちろんさ」

というわけで、おいらはまたまた吉原に向かったのさ。

もう、これで今日は三度目だよ。


夜の吉原。

いいよね。昼もいいけど、そりゃあ夜はだれが来たっていい。ちなみに明け方の吉原もいいんだよ。日本堤から振り返ると、ここは極楽にいちばん近いところなんだって、つくづく思うんだな。

　また、若松屋の花錦の部屋に来た。

　明日にはぜんぶ片づけて、ここに珠錦が入ることになったそうで、間に合ってよかったよ。

「ほら、勘太、ここを見て」

　おいらは棚の空《あ》いているところを指差した。

「ここに定八は、オランダ人から買った言わ猿を置いていたんじゃないか」

「なるほど」

「でも、あの猫が暴れた拍子に、ここにあったのが落ちたんだな」

　棚の裏は窓になっていて、障子を開けていたら、下に落ちてもおかしくないのだ。

「でも、それは、殺された隠居のところにあったんだろ？」

　と、勘太は言った。

「変だよな」

おいらは目を瞠《みは》ったね。ちょうど下を屑屋が通ったんだ。

「ねえ、おじさん」

おいらは上から呼びかけた。

「なんだね？」

「おじさん、近ごろ、ここで猿の置物を見つけたよね？」

「落ちてたんだよ」

「それ、誰に売った？」

「よく、おれのところに来る立花屋のご隠居さんにな」

おいらは勘太と顔を見合わせ、にっこりと笑ったね。

「ちなみにいくらで？」

「五十文《もん》かな」

「まったく、どいつもこいつもだよな」

「あ」

と、そのとき、

「変だよ」

翌朝——。

おいらは勘太といっしょに塚本さまのところに行き、調べたことを伝えた。

立花屋の隠居は、屑屋で言わ猿を見つけると、うちのおやじが探していたものだとわかったのだろう。おやじのところにも出入りしていたからな。

だが、まさか何百両なんてことになっているとは思わない。目いっぱいふっかけたつもりで、三十両と言ったのだ。

だから、おやじは大喜びだった。

ところが、もともとおやじにうまいことを言って三猿を売りつけていたのは、定八だった。三体まとめて手に入れておいて、ひとつずつ売っていたのだ。もちろん、自分の代わりに誰か売り手は使ったのだろう。百五十両、百八十両ときて、最後は三百両くらいむしり取るつもりだったんじゃないかな。

おやじはなんにも知らず、定八に「どうも残りの言わ猿を立花屋の隠居が見つけたみたいだ」ということを話した。像を失《な》くして慌てていた定八は、すぐに取り返しに向かった。

でも、定八は、何度もご隠居とは会っているから、ばれないようにと変装して行ったのだ。

「花魁にか?」

と、塚本さまは訊いた。

「というより、女に化けて行ったんでしょう」

「わざわざ猫を連れて?」

じろじろ見られるのはまずい。だが、めずらしい猫を連れて行けば、そっちが気になるだろうと、そう考えたに違いない。

あとで、おいらの推測が当たっていたこともわかったよ。

だが、隠居は定八の変装を見破ったんじゃないかな。

それで、結局、殺される羽目《はめ》になっちまったのさ。

十三

定八ってのは、ほんとに真面目な男だったらしいよ。

ところが、去年あたり、吉原に行き、花錦と出会ってから、おかしくなっちまったらしい。そういうものなんだよ。真面目だったのが、歳取って吉原に行き出すと、急におかしくなったりしがちなんだよ。やっぱり、歳取ったら、ほかの遊びを探したほうがいいかもね。

骨董？　ま、ときどき騙《だま》される覚悟があるならね。

定八の極刑は免《まぬが》れなかった。なんせ、殺しちゃってるからね。

ただ、定八の家族が路頭に迷うのは可哀そうだと、うちのおやじが手を回し、悪事をする前に離縁していたことにしてやったらしい。だから、暮らしの心配はなくなるんじゃないかな。うちのおやじ、堅物《かたぶつ》だけど、なかなか人情味はあるんだよ。

落籍された花錦のほうは、お咎《とが》めなしってわけにはいかなかった。猫と言わ猿を預かっていたからね。でも、それで悪事をするとは知らなかったので、どうにか江戸所払いで済んだのはよかったよ。

おいらが使ってしまった三十両や、猿の置物に払った金はどうなったかって？　それは返って来ないよ。おやじが訴えれば、残った金も回収してもらえただろうけど、そこは儲かってしようがない伊那屋だもの。おやじなんか、猿が三つ揃ったことで、けっこう嬉しそうにしてるよ。さすがに凶器になった言わ猿は、よく洗って、お祓《はら》いもしてもらったらしいけどね。

そのおやじ、

「お前の吉原通いも、すこしは役に立つこともあるんだな」

だとさ。おいらが吉原を往復して謎解きしたのを、塚本さまあたりから聞いたんだろうね。当たり前だよ。吉原は、おいらに人生のあらゆることを教えてくれたんだから。

そうそう、うちの伊那屋だけどね。

ふつうだったら、店から人殺しを出したのだから、お咎めがあって当たり前だ。

でも、今度の場合は、おいらが尽力して下手人《げしゅにん》を捕まえることができた。

それで、ちゃらってことにしてもらった。

もっとも、それはつねづね、塚本さまあたりにいい思いをさせてきたからだろうね。

「いよっ、若旦那。お手柄だったね」

塚本さまは、それからしばらく道で会うたびに、おいらの肩を叩いてそう言っていたものさ。

いないと困るもの。

それは花魁と猫だね。

花魁の可愛さは言うまでもないけど、猫の可愛さもそれに劣らないぜ。

結局、あの猫はおいらが面倒を見ることになったんだ。

牝猫《めすねこ》でね。夜になると、かならずおいらの横に入って来て、青い目でじいっとおいらを見て、

「いやぁ」

って言うんだよ。蘭語《らんご》で鳴くのかね。

色っぽいぜ。

あんまり色っぽくて、このおいらが、ときどき吉原行きをやめたりするくらいなんだから。

多《た》生《しょう》の縁《えん》

坂岡 真

著者・坂岡真《さかおかしん》

一九六一年、新潟県生まれ。早稲田大学卒業。十一年の会社勤めを経て執筆活動に入る。人情ものから江戸ノワール、伝奇ものなど幅広い作風で活躍。今、最も注目される作家である。主な著書に「のうらく侍」「新・のうらく侍」シリーズ、(いずれも祥伝社文庫)「鬼役」「帳尻屋仕置」「あっぱれ毬谷慎十郎」シリーズ他。

一

正月八日は初薬師《やくし》。幕臣の鈴木《すずき》一郎《いちろう》は父の眼病平癒《へいゆ》を祈願するために浅草新堀《あさくさしんぼり》の東漸寺《とうぜんじ》へやってきた。

俗に「朝観音《かんのん》に夕薬師」と言われるとおり、御利益《ごりやく》があるのは夕詣《まい》りらしいので、御徒町《おかちまち》の御家人長屋を出たのは八ツ刻《どき》（午後二時頃）である。さほど遠い道程ではない。三味線堀《しゃみせんぼり》に架《か》かる転軫橋《てんじんばし》を渡り、大御番組《おおごばんぐみ》の拝領屋敷がある三筋町《みすじまち》の北端から新堀をめざす。新堀に架かる薬師橋を渡れば、そのさきに長い門前大《おお》路《じ》がつづき、山門がみえてくる。

松の内は晴れの日がつづいたものの、今日は朝から薄曇りで、白いものまでちらついていた。

それでも、さすがに初薬師だけあって、参道を歩く人の数は多い。

なかには眼を患《わずら》った老人を連れた者もあり、拝殿《はいでん》のまえには長蛇《ちょうだ》の列がつづいた。

「毎年のことだな」

一郎はつぶやき、列の後ろに並んだ。

今年で参拝は三年目、鳥目《とりめ》になった父の次郎左衛門《じろうざえもん》は還暦《かんれき》を過ぎてから物忘れのほうもひどくなり、一郎のことを何年もまえに鬼籍《きせき》に入った上役とよく勘違いする。

「淡路守《あわじのかみ》さま、ご容赦《ようしゃ》、ご容赦。なりませぬ、出入りの商人から音物《いんもつ》を受けとってはなりませぬぞ」

真剣な顔で諫《いさ》めるかとおもえば、ふらふらと家から抜けだし、町内を一周して帰ってくる。ちゃんと帰ってこられたらまだよいほうで、迷子になることもしばしばだった。

母は疾《と》うに亡くなり、妹は他家へ嫁《とつ》いだ。おのれ以外に父の面倒をみる者はいない。おしまという賄《まかな》いの婆《ばあ》さんに通ってもらい、どうにかやってはいけるものの、当然のごとく、嫁の来手はなかった。二十七にもなって見合いのはなしすらなく、このまま生涯独《ひと》り身でもよいとさえおもっている。

かといって、暗くなって落ちこんだり、自暴自棄《じぼうじき》になってはいない。父を邪険《じゃけん》に扱うこともなかった。子が親に孝行を尽くすのはあたりまえのことだし、今の暮らしにも慣れた。慣れとは恐ろしいものだ。ともあれ、物事をあまり深刻に考えぬところが、一郎のよいところかもしれない。

拝殿に賽銭《さいせん》を投じて祈りを済ませ、絵馬に「め」の字を書いて奉納する。踵《きびす》を返しかけたとき、帛《きぬ》を裂くような悲鳴が耳に飛びこんできた。

——きゃあぁ。

すぐそばの参道からだ。

商家の娘が、風体《ふうてい》の卑《いや》しい浪人どもに因縁《いんねん》をつけられている。

参拝客たちは関わりを避け、遠巻きにして怖々眺《こわごわなが》めていた。

一郎は後先のことを考えず、着物の裾《すそ》を捲《まく》って駈《か》けだした。

野次馬を搔《か》きわけて前面へ飛びだし、怒鳴《どな》りつけてやる。

「おい、そこで何をしておる」

悪党面《あくとうづら》の浪人どもが振りむいた。

三人いる。

「何じゃ、おぬし、文句でもあんのか」

髭面《ひげづら》の巨漢が身を乗りだしてくる。

「小娘が鞘《さや》に触れたのじゃ。武士の魂《たましい》をぞんざいに扱われて、黙って見過ごせるとおもうか」

一郎は怯《ひる》みもみせず、落ちついた口調で応じた。

「鞘に触れた程度のことであろう」

「何じゃと」

「謝っておるのだ。許してやらぬか」

「きさま、図に乗るでないぞ。誰に口を利《き》いておる」

「誰かは知らぬ。はじめて会《お》うたからな。されど、名は聞くまい。商家の娘を脅して小金をせびろうとする者の名なぞ、聞いても詮無《せんな》いことゆえな」

「ぬわっ、きさま、許さぬぞ」

巨漢は真っ赤な顔で吼《ほ》え、三尺《しゃく》（約九〇センチ）に近い本身《ほんみ》を抜いた。

後ろのふたりも、つられて抜刀する。

「ひぇっ」

声をあげたのは娘でなく、薹《とう》の立った下女のほうだ。

娘は座ったまま石灯籠《いしどうろう》にもたれ、すでに気を失っている。

三本の白刃が鼻面《はなづら》に迫ってきた。

「おぬし、勤番侍《きんばん》か」

巨漢に問われ、一郎はこたえる。

「ちがう、幕臣だ」

「ふん、偉そうに。色黒でひょろ長い、牛蒡《ごぼう》のごとき男ではないか。しかも、その目は何じゃ、細すぎて黒目がわからぬぞ。眠っておるのか。どうせ、刀を抜くこともできぬ腰抜け侍であろうが。わしはな、無外流《むがいりゆう》の免許皆伝《かいでん》ぞ」

「これは奇遇。拙者も無外流の一偈《いちげ》を頂戴《ちようだい》した身でござる」

「う、嘘《うそ》を吐《つ》くな」

巨漢はうろたえた。免許皆伝は口からでまかせにちがいない。

「きさま、死にたくなければ去れ。首を突っこむな」

「そういうわけにはまいらぬ。ほりゃ……っ」

一郎は低く沈みこむや、目にも留《と》まらぬ速さで抜刀する。

腰反《ぞ》りの強い刀だ。身幅も広く、刃長で二尺五寸《すん》（約七五センチ）はある。

丁子《ちようじ》の刃文が煌《きら》めくや、後ろのふたりは及び腰になった。

巨漢だけは大口を叩《たた》いただけに、後には退《ひ》けない。

「くそっ、死ね」

転《ころ》ぶほどの勢いで踏みこみ、拝《おが》み討ちに斬《き》りつけてきた。

――きいん。

一郎は避けず、下段《げだん》から薙《な》ぎあげて強烈に弾《はじ》きかえす。

火花を食い、二ノ太刀で相手の胴を抜いた。

「ぐひぇっ」

大袈裟《おおげさ》な悲鳴のわりには血も噴きださず、巨漢はがくっと片膝をつく。

峰打ちだ。

肋骨《ろっこつ》が何本か折れただけのことだった。

「……い、痛い……こ、ここは地獄か」

巨漢はなかば意識を失ったまま仲間に抱えられ、引きずられるように去っていく。

「ふん、百年早いわ」

捨て台詞《ぜりふ》を吐《は》いて納刀すると、野次馬にやんやの喝采《かっさい》を浴《あ》びせられた。

なかには、小銭を抛《ほう》る者までいる。

「おいおい、見世物小屋のろくろ首ではないぞ」

困惑したところへ、下女が音もなく近づいてきた。

「危ういところをお助けいただき、ありがとうございました。これでどうか」

つっと身を寄せ、袖口《そでぐち》に小判をねじこんでくる。

礼金らしい。

貰《もら》う理由もないので、突っ返してやった。

「せっかくだが、受けとれぬ」

「およよ」

下女はうろたえて膝からくずおれ、冷たい甃《いしだたみ》に両手をついた。

「どうか、ご無礼をお許しください。あちらは、さる大店《おおだな》のお嬢さまで、お梅《うめ》さまと仰《おっしゃ》います。大奥さまの眼病平癒をお祈りにまいった矢先、不埒《ふらち》な暴漢どもに難癖をつけられたのでございます」

「ああ、そうであろうな。もうわかったから、娘の面倒をみてやれ。ほれ、まだ気を失っておるぞ」

ちらりと目をやり、顎《あご》をしゃくる。

石灯籠にもたれた娘が、雪中に咲く寒牡丹《かんぼたん》にみえた。

ごくっと生唾《なまつば》を呑《の》みこみ、動揺を悟《さと》られぬように背を向ける。

「あの、お待ちを。せめて、お名だけでもお教えくださりませ」

下女に問われ、振りむいた。

「鈴木一郎と申す」

「うえっ」

何故《なぜ》か、下女は仰天《ぎようてん》する。

同じ名の知りあいでもいるのだろうか。

仰天した理由を問うこともなく、背中を向けて歩きだす。

残っていた野次馬に拍手され、耳の先まで赤くなった。

人助けをする柄ではないが、少しばかりよい気分だ。

山門を潜《くぐ》って振りむくと、娘が立ちあがろうとしている。

「二度と会うこともあるまいな」

一郎はほっと溜息《ためいき》を吐き、一抹《いちまつ》の未練を残しながらも山門から離れていった。

二

下谷練塀小路《したやねりべいこうじ》の裏手には、微禄《びろく》侍の住む手狭《てぜま》な平屋がぎっしり並んでいる。

住人たちは三日に一度だけ城に通えばよいので、盆栽をやったり、釣りに行ったり、安酒を呑みながら上役の愚痴を言いあったり、年寄りならいざ知らず、若い者までが隠居のような暮らしをしていた。

何処《どこ》からか、とんてんかんと聞こえてくるのは、朽《く》ちかけた冠木門《かぶきもん》を修繕する槌音《つちおと》であろう。

修繕する気もない自邸の冠木門へ戻ってくると、賄い婆《ばばあ》のおしまが駈けてきた。

歯のない顔で、にっと笑う。

「若さま、ご隠居さまがまた、おられぬようになりました」

「お、そうかい」

一郎はくるりと踵を返し、今来た露地《ろじ》を戻っていく。

隣の露地も往復して、そのまた隣の露地も往復する。

町内を一通りまわり、辻番所の手前で立ちどまった。

「はて、どちらへ向かうか」

いつもどおり、決めかねる。

右手は三味線堀、左手は下谷広小路《ひろこうじ》、次郎左衛門が選ぶ行き先は五分五分なので、勘《かん》をはたらかせるしかない。

「昨日は三味線堀だったな」

左手の下谷広小路へ向かうことにした。

賑《にぎ》やかさでは府内でも有数な広小路だけに、捜《さが》すのにちと骨が折れる。

だが、たいていは床店《とこみせ》の植木などを素見《ひやか》しているので、さほど心配はしていない。

面倒なのは広小路からさきの三橋《みはし》を渡って、寛永寺《かんえいじ》の寺領へはいりこんでしまったときだ。

最近でも二度ほどあった。一度目は宿坊《しゆくぼう》のひとつで座禅を組んでおり、二度目は不忍池《しのばずのいけ》の弁天島《べんてんじま》に渡り、池に映る自分の顔をみつめていた。捜すのに苦労したので、三橋だけは渡らずにいてくれと、一郎は胸に囁《ささや》いた。

広小路にたどりつくと、やはり、あいかわらずの賑《にぎ》わいようだ。

巾着切《きんちやくきり》が出没するので、次郎左衛門には財布を持たせられない。

財布がなければ買い物もできぬので、楽しみを奪っているのではないかと心が痛む。

それでも、いっしょに散策するときは財布を持たせ、じっくり買い物につきあった。

一昨日《おととい》買ったのは、大好きな福寿草《ふくじゆそう》だ。ひとかたまりになって咲く黄金色のふくよかな花を、次郎左衛門は「家族のようじゃ」と喩《たと》えてみせる。

人の波を縫《ぬ》うように歩き、床店を一軒ずつみてまわった。

「おらぬなあ」

広小路のなかほどまで来ると、少し心配になってきた。

「おい、一郎」

ふいに呼ばれて振りむくと、黒羽織を纏《まと》った幕臣が立っている。

佐橋八郎《さはしはちろう》だ。

小柄で目がくりくりしている。年下にみえるが同い年で、二軒隣の家に住んでいた。

「父上を捜しておるのであろう。案ずるな、わしの父と鉢植えを物色しておられる」

「お、そうか」

八郎の父は九郎右衛門《くろうえもん》という。すでに隠居したが、一郎の父と同じ幕府の勘定方《かんじょうがた》として長らく奉公していた。母は亡くなり、妹は他家に嫁いでいる。そこまでは鈴木家と同じだが、大きなちがいは八郎に嫁がいることだった。気立てのよい武家の娘で、笑顔を絶やしたことがない。

父の次郎左衛門は、八郎の嫁を「観音さま」と呼んでいた。嫁は一年前に嫁いできた当初は面食らっていたが、今はすっかり慣れてくれた。ともあれ、父がまだら惚《ぼ》けになってからも佐橋家のみなは親しくしてくれるので、一郎としては大いに助かっている。

八郎に袖を引かれた。

「おぬしに、ちとはなしがある」

「何だあらたまって」

「じつはな、子ができた」

「えっ、よかったではないか。どうして深刻な顔をする」

「何とのう、親になるのが恐《こわ》くてな。それに、おぬしへの遠慮もある」

「わしへの遠慮だと」

「そうだ。おぬしはまだ嫁も貰《もろ》うておらぬ。子まで生まれたら、おぬしのぶんまで幸福を吸いとっておるようで気が引ける」

「莫迦《ばか》なことを。わしは自分のことのように嬉しいぞ」

「まことか」

「ああ、まことだ」

「それを聞いて安堵《あんど》した」

八郎は、ぱっと顔を明るくさせた。

そこへ、父の次郎左衛門と八郎の父の九郎右衛門がやってくる。

次郎左衛門は夕方になると目がほとんどみえなくなるので、九郎右衛門に手を引かれてきた。

「おう、一郎か。おぬしの父はちゃんとここにおるぞ」

「いつもすみません」

「何を申すか。次郎左衛門は弟も同然、わしが望んで杖替《つえが》わりになっておるのじゃ。何遍も言うようじゃが、おぬしの父は才の秀《ひい》でた勘定方でな、御奉行の淡路守さまからは誰よりも信頼されておった。されど、生来《せいらい》の頑固者《がんこもの》で融通《ゆうずう》の利《き》かぬ男ゆえ、淡路守さまの些細《ささい》な不正にも目を瞑《つむ》ることができなんだのよ」

みずからの命を賭《と》して不正を告発し、勘定奉行を退任に追いこんだ。

「そのころは、ぴりぴりしておった。まわりから腫《は》れ物も同然に扱われてのう。少しばかり惚けた今のほうが、わしにはちょうどよいかもしれぬ。こやつがな、正直、愛《いと》おしゅうてならぬのよ」

肝心の次郎左衛門は、あらぬほうへ顔を向けている。

その手には、福寿草の鉢植えを抱えていた。

おもわず、苦笑してしまう。

九郎右衛門に買ってもらったのだろう。

そのうち、家のなかは福寿草だらけになってしまうかもしれない。

融通の利かぬ性分は自分も受けついでいるなと、一郎はおもった。

父とちがって算勘の才はないので、勘定方ではなく、城門を守る番方に就いている。剣術は人並み以上に心得があるものの、今どき剣客《けんかく》を気取ったところで屁《へ》の足しにもならない。上役に媚《こ》びを売らぬので出世の目途《めど》も立たず、勘定方の組頭に推挙された八郎にはずいぶん水をあけられていた。

それでも、苦にはならぬ。出世に興味はなかった。

以前の次郎左衛門は強く出世を望んだが、今は口うるさく叱責《しっせき》されることもない。

気は楽だが、淋《さび》しい気もしていた。

「観音さまがな、おらんようになったのじゃ」

次郎左衛門はぽつりと言い、鼻をひくひくさせる。

「梅の香りがしておったに。あれは正真正銘の観音さまじゃった」

一郎は身を寄せる。

「父上、どうかなされましたか」

反応のない父に代わって、九郎右衛門がこたえてくれた。

「さきほどな、商家の娘をみたのじゃ。池之端《いけのはた》にある袋物屋の娘よ。錦絵《にしきえ》に描かれるほどの縹緻《きりよう》良しじゃ。無論、鳥目ゆえ、おぬしの父にはみえぬ。ただ、馥郁《ふくいく》とした梅の香を嗅ぐことはできた。おもしろいことにその娘、梅というそうじゃ。おぬしの父は、名も知らぬ娘の名を香りから言いあてたのさ」

梅という名が引っかかる。

父が深々とお辞儀をし、はなしかけてきた。

「淡路守さま、何ぞお呼びでござりましょうや」

一郎は微笑み、淡路守を演じてみせた。

「ふむ、鈴木次郎左衛門、おぬしにちと申しつたえたいことがあるゆえ、同行いたせ」

「ははっ」

骨張った手を握ると、父は素直にしたがった。

佐橋の父子は無言で微笑《ほほえ》み、手を振ってくれる。

「あれはまっこと、観音さまであったわい」

父の漏らしたひとことが、一郎は気になって仕方なかった。

三

無縁坂《むえんざか》の途中にある「大仁田道場《おおにたどうじょう》」は、立派な看板のわりにはさほど大きくもない。

数ある道場のなかでここを選んだのは父だった。理由は鈴木家が禅寺の檀家《だんか》で、無外流は禅宗に関わりの深い流派だからだ。同流では「印可《いんか》」のことを「一偈」と禅語で言いあらわす。道場の壁には「平常心是道《びょうじょうしんこれどう》」とか「行雲流水《こううんりゅうすい》」といった禅語の書かれた紙が貼られていた。

無外流は姫路《ひめじ》の酒井《さかい》家や土佐《とさ》の山内《やまのうち》家などでは盛んだが、巷間《こうかん》でもてはやされているのは北辰一刀《ほくしんいっとう》流や神道無念《しんとうむねん》流、鏡心明智《きょうしんめいち》流などの流派で、幕臣たちの足もおのずとそちらに向かった。それゆえ、門弟は少ない。幕臣にいたっては、一郎と佐橋八郎のふたりだけだ。

ふたりで、十《とお》のころから通っている。八郎は剣術の才がなかったが、一郎のほうはめきめきと腕をあげ、今では師範代になっていた。厳しく稽古をつけてくれた先代は亡くなり、息子の代になって道場は凋落《ちょうらく》しつつある。どうにか看板を保とうと八方手を尽くしてはいるものの、如何《いかん》せん、二代目はあまり強くない。門弟が離れていくのも無理はなかった。

それでも、一郎は道場に来ると、脇目も振らずに竹刀を振りつづける。何も考えずに汗みずくで稽古しているときが、もっとも充実していた。

八郎は出仕《しゅっし》なので今日はおらず、若い門弟たち相手に打ちこみ稽古をおこなっていると、道場主の鉄心《てっしん》に呼びつけられた。

奥の部屋へ足を踏みいれるなり、がばっと畳に両手をつかれる。

「一郎、おぬしに頼みがある。どうか、わしの頼みを聞きいれてほしい」

「藪《やぶ》から棒《ぼう》にどうなされたのですか」

一郎は眉をひそめ、下座《しもざ》に腰を落ちつけた。

鉄心は顔を持ちあげ、にっと前歯をみせて笑う。

年はまだ三十五だが、先代に似て厳《いか》つい面構えをしており、強そうにみせるためか、蓬髪《ほうはつ》を肩に垂らしていた。

「おぬしは強い。少なくとも、わしの道場では飛びぬけておる。それゆえ、申しあいでおぬしに勝たねば、無外流の一偈は与えられぬ。それはわしではなく、先た。ご子息を入門させたいと仰るのよ」

代の定めたことじゃ。じつはな、さるご大身《たいしん》からありがたいおはなしを頂戴し

何やら、胡散《うさん》臭いものを感じた。

案《あん》の定《じょう》、鉄心は表情を曇らす。

「ただし、入門するにあたって、ご先方に条件がひとつあってな、ご子息に当流派の一偈を与えてほしいと仰るのよ」

「実力さえあれば、一偈は与えられましょう」

「実力がないから言うておる。ご大身のおことばを借りれば、ご子息の剣は『へっぽこのへなちょこ』らしい」

「おはなしが、よくわかりませぬが」

「わからぬのか。ご大身はな、束脩《そくしゅう》（入門金）替わりに多額の献金をおこなうご用意があると仰《おお》せじゃ。すなわち、ご子息に免状さえ与えれば、わが道場の台所を支えてくださると約束してくださった。わしはな、断腸《だんちょう》のおもいで申しあいをお受けしたのじゃ。それゆえ、おぬしには戦ってもらわねばならぬ。おぬしが戦わねば、ほかの門弟たちにしめしがつかぬゆえな」

「それがしに、わざと負けろと仰るので」

「そこまで言わせるでない。道場のためをおもうて決めたことじゃ。のう、一郎。おぬしとて、十《とお》のころからこの道場へ通うておるのじゃ。先代から受けついだ看板を失いたくはあるまい。頼む、このとおりじゃ」

鉄心は畳に両手をつき、仕舞いには額《ひたい》まで擦りつける。

怒りよりも、情けない気持ちのほうが先に立った。

おぬし、それでも侍か。

看板に泥を塗るようなことをして、先代に顔向けできるのか。

「見損《みそこ》ない申した」

一郎はぼそっとこぼし、そそくさと部屋を出る。

「待て、一郎」

呼ばれても応じず、板の間を横切って草履《ぞうり》を履《は》いた。

汗臭い胴衣のまま、門から外へ飛びだす。

虚《むな》しい気持ちで急坂を下り、不忍池の畔《ほとり》へやってきた。

人影は少ない。

——ほー、ほけきょ。

突如《とつじょ》、鶯《うぐいす》の初音《はつね》を聞いた。

何処からか、芳《かぐわ》しい香りが漂ってくる。

すぐそばの水際に、商家の娘が佇《たたず》んでいた。

横顔を窺《うかが》い、はっとする。

まちがいない、東漸寺の境内で助けた娘だ。

名は、お梅であったな。

何やら、淋しげに水面《みなも》をみつめている。

その横顔があまりに美しく、一郎は見惚《みと》れてしまった。

もちろん、声を掛けることなどできない。

何せ、娘はこちらの顔を知らぬのだ。

お助けした者でござると、名乗りでるのも間が抜けている。

柳の木陰に身を寄せ、しばらく眺めていると、先日も見掛けた下女がやってきた。

「お嬢さま、何をなさっておいでです」

「お勝《かつ》、どうして此処《ここ》がわかったの」

「おひとりになりたいとき、いつも此処にいらっしゃるので。お嬢さまのことは、何でもわかります。さあ、まいりましょう。大奥さまも、ご案じになっておいでですよ」

「まあ、お婆さまが」

「日のあるうちにお戻りにならぬと、大奥さまにお顔をおみせできませぬよ」

「急ぎましょう」

主従はこちらに背をみせ、急ぎ足で遠ざかっていく。

わずかに迷いつつ、一郎はふたりの背を追いかけた。

たどりついたさきは、そこから少しも離れていない。

池之端にある袋物屋で、屋根看板には『玉造屋《たまつくりや》』とある。

門には白張提灯《しらはりぢょうちん》がぶらさがっていた。不幸でもあったのだろうか。

そういえば、お梅とお勝の主従も黒羽織を纏っていた。

手代らしき男があらわれたので、呼びとめて聞いてみる。

「すまぬが、ご不幸がおありか」

「ご先代の三回忌にござります」

「なるほど、ご先代は亡くなったのか。すると、今のご亭主はご長男か」

「へえ、藤兵衛《とうべえ》さまはご長男でまだお独り身、お梅さまとおっしゃる妹御がおられます」

「大奥さまと仰るのは、ご先代の御母堂《ごぼどう》ということになろうかな」

「仰せのとおりで」

「目を患っておいでか」

「鳥目を患っておいでですが」

「なるほど、そういうことか」

納得してうなずくと、手代は不審げに覗《のぞ》きこんでくる。

「失礼ながら、ご先代とご縁のあるお方で」

「ん、まあな」

「されば、ご焼香《しょうこう》を。ご案内申しあげます」

「いいや、遠慮しておこう」

一郎は背を向け、急ぎ足でその場を離れた。

四《よ》ツ辻《つじ》を曲がり、ほっと安堵の溜息を吐く。

お梅について、いくつかのことがわかった。

何故か知らぬが、心ノ臓の高鳴りを抑えきれない。

まさか、商家の娘に岡惚《おかぼ》れしたわけではあるまいな。

みずからを叱りつけ、ふたたび、不忍池の畔から無縁坂のほうへ戻っていった。

四

風の噂《うわさ》に聞いたはなしによれば、玉造屋ではお梅の嫁ぎ先を探しているという。

嫁ぎ先に選ぶための条件は厳しく、第一には幕臣の家でなければならぬらしい。

「亡くなったご先代のご遺言《ゆいごん》だそうですよ。愛娘《まなむすめ》を武家に嫁がせるのが長年の夢であったとか」

と、教えてくれたのは、月に一度は足を向ける髪結床《かみゆいどこ》の亭主だった。

噂好きの亭主は読売《よみうり》に載《の》るような情報《ネタ》なら何でも知っていて、聞かずとも勝手に喋《しゃべ》ってくれる。

「条件を耳にしたお旗本《はたもと》が、われもわれもと名乗りをあげたそうですよ。ところが、お梅のお眼鏡《めがね》にかなったお相手は、今のところひとりもあらわれぬとか」

何やら、同じようなはなしを聞いたことがある。

「手古那《てこな》の逸話にござりましょう」

下総国《しもうさ》真間《まま》に伝わる美女伝説だ。絶世の美女と評判の手古那は多くの相手に言い寄られたものの、伴侶《はんりょ》を決められずに悩みぬき、ついには川へ身を投げた。

なるほど、お梅は手古那なのかと、妙に納得できてしまう。

亭主は髪を梳《す》きながら、後ろから囁きかけてきた。

「どうやら、意中のお相手がおありのようでしてね」

「誰だそれは」

「三座の看板役者、尾上菊五郎《おのえきくごろう》にござりますよ」

「ん、どういうことだ」

お梅は菊五郎を贔屓《ひいき》にしており、意中の相手も菊五郎似の伊達《だて》男だという。

「若い娘のことゆえ、見てくれにこだわるのでござりましょう」

自分には縁遠いこととあきらめつつも、水面をみつめる可憐《かれん》な横顔が忘れられない。

「鈴木さま、どうかなされましたか」

「えっ、別に」

「ひょっとして、お梅をご存じだとか」

「いいや、知らぬ。知ったところで、どうなるものでもない」

「そうでござんすよね」

御家人《ごけにん》も幕臣のうちではあるが、大店の箱入りと微禄の御家人とでは釣りあわないとでも言いたげに、亭主はうなずきながら、きゅっと元結《もとゆい》を結ぶ。

一郎はふてくされた面で髪結床を出ると、風に袂《たもと》を靡《なび》かせて歩きはじめた。

西の空は夕焼けに染まり、露地に連なる家の塀《へい》からは南天《なんてん》の赤い実がみえる。

「……お梅」

かないもせぬ期待が、胸の奥に膨らんでいた。

もちろん、振りむいてもらえぬ高嶺《たかね》の花だが、縁《えにし》のようなものを感じている。

翌日の十一日は御用始《ごようはじめ》、一郎は平川御門《ひらかわごもん》の防《ふせぎ》におもむいた。

日がな一日御門の警護をする。それが一郎に課された役目だ。

おもいがけず、同役の者からお梅の噂を聞くことになった。

「鈴木よ、おぬし、池之端にある袋物屋の娘を知っておるか。名はお梅と申すらしいのだがな」

はっとしたものの、顔には出さずに首をかしげる。

「やはりな。知るはずはあるまいとおもうたわ」

「どういうことだ」

「噂よ、噂。お梅は池之端界隈《かいわい》の小町娘でな、父の遺言で商家ではなしに幕臣のもとへ嫁がねばならぬという。それを聞きつけた旗本の御曹司《おんぞうし》どもが店に押しかけたが、ことごとく袖にされた。意中の相手がおるらしくてな、ふふ、聞いて驚くなよ、そやつの名が何と、鈴木一郎と申すのだ」

「へっ」

「な、驚いたであろう。わしも耳を疑ったぞ。されど、その鈴木一郎が尾上菊五郎に似ておると聞いて、おぬしではないと合点した。考えてみれば、どこにでもありそうな名だ。おぬしとしては、とんだとばっちりであろうがな」

平川御門は不浄門《ふじょうもん》としても知られ、城内で亡くなった者が運びだされてくる。今朝も日の出前に、死者の納められた早桶《はやおけ》をひとつ見送った。

どうやら、上役にいびられて井戸に身を投げた奥女中らしい。

哀れな奥女中が手古那と重なり、池畔《ちはん》に佇むお梅のすがたと重なった。

何やら胸騒ぎをおぼえつつも、火灯《ひとも》し頃になり、役目を終えて家路をたどった。

練塀小路の家にたどりつくと、父の次郎左衛門が嬉しそうな顔で待っている。

「これはこれは、淡路守さま、ご機嫌麗《うるわ》しゅうございます」

「ふむ、よい日和《ひより》であったのう」

などと応じつつも、賄い婆のおしまを探した。

顔をみせたのは婆さんではなく、爺《じい》さんのほうだ。

佐橋九郎右衛門が、入れ歯を剝《む》いて笑っている。

「よいはなしを持ってきた。おぬし、見合いをしてみる気はないか」

唐突な申し出に、一郎は口をあんぐりあけた。

五

見合いは三日後、日本橋浮世《うきよ》小路《しょうじ》の正月屋《しょうがつや》でおこなわれた。

正月屋は汁粉屋《しるこや》の俗称だが、その見世《みせ》は小あがりで膳を囲むこともできる。

足を向けてみると、表玄関の軒下《のきした》に厄除《やくよ》けの削《けず》り掛《か》けがぶらさがっていた。

相手は二十一の娘らしい。嫁いで半年も経《た》たぬうちに夫が急逝《きゅうせい》したため、出戻りを余儀なくされた。ようやく喪《も》が明け、嫁ぎ先を探していた矢先だという。

家は同じ御家人だが、相手のほうが家格はわずかに上だ。家督は兄が継いでおり、婿養子の心配はない。ともかく、双親は出戻りの娘に早く片付いてほしいらしく、こちらの拠所《よんどころ》ない事情も納得したうえでのはなしだった。

「年を取れば親は惚ける。目もみえぬようになる。さようなことを気にしておったら、嫁の貰い手はおらぬようになる」

付きそいの父親は理解のありそうなことを言ってくれたが、嫁いで苦労するのは娘本人である。

一郎は父のことで苦労をかけたくないので、あまり乗り気ではなかった。

だが、世話になっている九郎右衛門の肝煎《きもい》りだけに、無碍《むげ》に断ることもできぬ。

一張羅《いっちょうら》の羽織を纏い、いそいそと出掛けてきたのである。

正月屋は瀟洒《しょうしゃ》なおもむきの見世で、近頃はこうした席にも使われているらしかった。

指定したのは先方だ。娘は甘いものに目がないらしく、会ってみると想像以上に肥《こ》えていた。尻などは臼《うす》のようだし、頬もふっくらして顎も二重であったが、色白でもあるし、まあよかろうとおもった。

肝心なのは見てくれよりも、性格のほうだ。

「ご覧のとおり、少々肥えてはおるが、素直なしっかり者でござる」

父親は娘の紹介からはじまって、長々と教訓じみたはなしを説《と》きつづけ、仲人《なこうど》役の九郎右衛門も調子に乗って、夫婦円満の秘訣《ひけつ》などを披露した。

はなしの長さに耐えきれず、何度も眠りに落ちかける。

いずれにしろ、一郎としては拒《こば》む理由を見いだせなかった。

相手が出戻りだろうと何だろうと、贅沢《ぜいたく》の言える身分ではない。

「されば、あとはふたりで仲良くな」

娘の父親と九郎右衛門がいなくなると、座はしんと静かになった。

おたがいに喋ることもないので、食べ物に箸《はし》をつけることにする。

膳には白魚《しらうお》や小海老《こえび》など旬《しゅん》の皿が並び、燗酒《かんざけ》の支度《したく》もしてあった。

「汁粉屋に酒があるとはおもわなんだな。この見世はよく来られるのか」

水を向けると、娘は可愛《かわい》げに小首をかしげる。

「いいえ、はじめてにござります」

「されど、汁粉はお好きであろう」

「さほどでも」

と、嘘を吐く仕草もわるくない。

銚釐《ちろり》を摘《つま》むと、すかさず、膝を寄せてくる。

「あの、わたくしめが」

なかなか気のつく娘だなと感心しつつ、注《つ》がれた酒を呑みほしたころには、伴侶はこの娘でよいとおもいはじめていた。

新たに運ばれた膳には、甘鯛《あまだい》の塩焼きもあれば、芋《いも》や小蕪《こかぶ》や独活《うど》などの煮物もある。

娘はじっと眺めているだけで、箸をつけようとしない。

「睨《にら》み鯛《だい》では、鯛が可哀相《かわいそう》だ。遠慮はいらぬ、箸をつけなされ」

一郎が屈託のない調子で笑いかけてやると、娘は遠慮がちに箸を取った。

鯛の骨を器用に取りのぞき、ほぐした身を残さずに食べ、ほかの皿も仕上げに出された餅《もち》入りの汁粉もぺろりと平らげてしまう。

気持ちよいほどの食べっぷりに目を細めると、娘は尻を浮かせて何やらもぞもぞしはじめた。

顔色も蒼醒《あおざ》めてきたので、心配になってくる。

「どうなされた」

応じる暇もなく、娘は「ぼん」と屁《へ》を放《ひ》った。

まるで、鉄砲弾《だま》が爆《は》ぜたかのような音だ。

包丁人も驚いて覗きにきた。

「うっぷ」

臭いがまた、凄《すご》い。

芋や牛蒡を食いすぎたのではないかと、勘ぐりたくなってくる。

娘は茹《ゆ》でた海老のように赤くなり、俯《うつむ》いたまま顔もあげられない。

掛けることばも失っていると、やおら立ちあがって出ていってしまう。そして、二度と会う機会は訪れなかった。

六

五日後、十六日は藪入《やぶい》り、奥女中は宿下がりの許しを貰い、奉公人は奉公先から暇を貰って市中に繰りだす。

縁談の件は予想どおり、先方から断りの一報がはいった。

惜しい気もしたが、仲介の労を執った九郎右衛門に屁のことは言わずにおいた。

「どうせ、所帯は持てぬ」

夢のまた夢だとおもいつつ、沈んだ面持ちで露地裏を散策する。

気づいてみれば、下谷広小路の喧噪《けんそう》に包まれていた。

曇天《どんてん》を仰げば、一枚の紙が寒風に舞っている。

手を伸ばして摑《つか》み、ひろげて眺めた。

錦絵だ。

描かれているのは、振袖姿のお梅にほかならない。

「おや、よいものをお持ちで」

手拭いを唐茄子《とうなす》かぶりにした男が、後ろから覗きこんできた。

「今評判の小町娘にございますよ」

「おぬしは誰だ」

「へい、読売屋の伝六《でんろく》でござんす。お武家さまも、お梅にほの字なんでござんしょう」

「莫迦を申すな」

「ぬひひ、ほうら、赤くなった。何もむきにならずとも。旦那だけじゃござんせんよ。お梅をひと目みたら、誰もが岡惚れしちまいます。ちょうど今から、玉造屋へ参るところでしてね、よろしければごいっしょなされますか」

「よし、参ろう」

厳《いか》めしげにうなずき、読売屋と肩を並べて歩きはじめた。

「玉造屋で何があるのだ」

「へへ、何もなければ、わざわざ足を運びません。こちとら商売なんでね、読売の情報になりそうだから足労するのですよ」

「情報とは何だ」

「行けばわかりますがね、お梅の意中の相手が店を訪ねてくるみたいで」

「まさか、意中の相手とは」

「尾上菊五郎じゃござんせんよ。お相手は大御番《おおごばん》の組頭をつとめるご大身のご子息でしてね、ご本人も大御番であられます。家禄は一千五百石、浅草三筋町に御屋敷を構えた正真正銘の御大身だ。そんなおひとが、大店とは申せ、池之端にある袋物屋の敷居をまたごうってんだから、噂にのぼらぬはずはござんせん」

「そのお方、ご姓名は何と申す」

うろたえた顔で必死に問えば、読売屋の伝六はふっと笑った。

「それがありふれた名でござんしてね、鈴木一郎さまと仰います」

どきりとした。自分のことではないのだと、胸に何度も言い聞かせる。

「お武家さま、どうかなされましたか。お顔の色がちょいとすぐれぬご様子で」

「心配にはおよばぬ。それより、鈴木一郎なる御仁《ごじん》はいったい、何のために玉造屋へ参るのであろうな」

「そりゃ、誠意をみせるためでござんしょうよ」

「誠意か」

「ええ、本音を言えば、惚れた腫《は》れたは二の次なのでござんすよ。昨今はご大身でも台所事情は苦しい。貧乏な武家の娘を貰うよりも、金まわりのよい大店の娘を貰ったほうがお家も潤《うるお》うってなわけで。縁談をまとめるためならば、恥も外聞も捨てて商家の敷居をまたいでもみせると、まあ、そんなところでござんしょう」

お梅への恋情は二の次なのかとおもえば、意味もなく腹が立ってくる。

ともあれ、玉造屋の正面まで来てみると、耳敏《みみざと》い野次馬たちがすでに人垣をつくっていた。

「ちきしょう、もう来てやがったのか」

伝六は悪態《あくたい》を吐き、鰻《うなぎ》のように人垣の隙間《すきま》へ滑《すべ》りこんでいく。

「おっとごめんよ、読売屋だ。ちょいと通してくれ」

人垣を上手に掻きわけ、最前列へ躍りだすことができた。

ちょうど、旗本主従が挨拶を済ませ、玄関から出てくるところだ。

光沢のある派手な着物を纏った優男《やさおとこ》が、大御番をつとめる鈴木一郎にちがいない。

「なかなかの男ぶりじゃねえか」

野次馬どもが感嘆するとおり、同じ土俵で勝負のできる相手ではなかった。

だが、伝六の見立ては、ほかの者たちと異なる。

「なるほど、鼻筋の通った役者顔かもしれねえが、人の性《さが》ってのはどうしても顔に出ちまう。おいらの目にゃ性悪な御仁にしかみえねえな」

そのことばが、一郎にとっては救いになった。

「まるで、結納じゃねえか」

野次馬のあいだからはそんな声も聞こえたが、鈴木主従を見送りする者のなかにお梅のすがたはない。

「どうやら、会えなかったらしいぜ」

誰かが、こそこそ噂しあっている。

「先走りってやつかもな」

どうりでよくみれば、旗本主従の顔つきは険悪そのものだ。

「退《ど》け、ほれ、そこを退かぬか」

鰓《えら》の張った四角い顔の用人《ようにん》が野次馬どもを乱暴に掻きわけ、主人の鈴木一郎を権門駕籠《けんもんかご》まで先導しようとする。

最前列に佇む一郎も、むんずと襟《えり》を摑まれた。

と同時に、用人の腕を取って捻《ひね》りあげる。

「うひっ……は、放さぬか」

放してやると、四角い顔の用人は尻餅をついた。

「……ぶ、無礼者め。わしは鈴木家一千五百石の用人頭ぞ」

用人頭は起きあがり、刀の柄《つか》に手を添える。

野次馬どもが、蜘蛛《くも》の子を散らすように遠のいた。

主人の鈴木一郎は、後ろで呆気《あっけ》に取られている。

厳つい用人頭は、みずからを「米澤十内《よねざわじゅうない》」と名乗った。

「おぬし、御家人か。御家人風情《ふぜい》が何をしでかしてくれたのだ。覚悟あってのことであろうな。ほれ、喋らぬか。口がきけぬのか。屑《くず》め、名乗ってみろ」

身分の差など関わりない。侍を愚弄《ぐろう》するにもほどがある。抜き打ちに斬っても許されるところだが、一郎はぐっと堪《こら》えた。

誘っているのだ。こちらが名乗れば、すぐさま斬りつけてくるであろう。

だが、ここで「鈴木一郎」と名乗れば、ふざけていると誤解され、かえって怒りの炎に油を注ぐことにもなりかねない。

「お待ちを、お待ちを」

玉造屋の主人が、慌てて飛びだしてきた。

藤兵衛というお梅の兄だ。みるからに頼りない。

「おぬしは黙っておれ」

米澤に一喝され、借りてきた猫のように黙ってしまう。

ところが、藤兵衛の脇を擦りぬけて飛びだしてきた者があった。

下女のお勝だ。

般若《はんにゃ》のような顔で、こちらを睨みつけてくる。

「みなさまの迷惑でござります。お店のまえで刃傷沙汰《にんじょうざた》はおやめください」

あまりの気丈さに、米澤までが気を殺《そ》がれたようだった。

「ごめん」

一郎はお辞儀をし、くるっと踵を返す。

「待て、逃げるのか」

疳高《かんだか》い声は米澤のものではなく、主人の鈴木一郎が発したものであろう。

いずれにしろ、自分は招かれざる客だ。尻尾を丸めて退散するしかない。

一郎は急ぎ足になり、気づいてみれば、歯を食いしばって疾走していた。

七

二日後、十八日は観音菩薩《ぼさつ》の縁日だ。

朝方、浅草寺《せんそうじ》の参道は人で埋めつくされた。

一郎も父を連れて観音詣でにおもむき、どうにか無事に戻ってくることができた。

浮かない気分でいる理由は、風の噂に「お梅と鈴木一郎が見合いをした」と聞いたからだ。

もちろん、自分には高嶺の花だとわかっている。同姓同名の幕臣でも、家禄一千五百石の「鈴木一郎」とくらべれば、月とすっぽんほども身分はちがう。奇蹟《きせき》でも起こらぬかぎり、振りむいてもらえるはずがない。

お梅のことは、きれいさっぱり忘れようとおもった。が、忘れようとすればいっそう、恋情は募《つの》ってくる。

「惚れたのかな」

悶々《もんもん》とした心持ちを振り払おうと、無縁坂の道場へやってきた。

無心になって竹刀を振りこめば、嫌なことも何もかも忘れられる。

「いえい、いえい」

汗を散らして竹刀を振っていると、道場主の大仁田鉄心から呼びつけられた。

部屋にはいるなり、鉄心は蓬髪を靡かせ、襲いかかるほどの勢いで身を寄せてくる。

「先日のはなし、覚悟は決まったか」

「お待ちくだされ。お断りしたはずですが」

「道場のためとおもうて、自分を殺してくれ。な、頼む。そう言えば、相手の名を申しておらなんだな」

「仰らなくても、けっこうです」

不正な手で免状を得たい大身旗本の名など、聞きたくもない。

だが、鉄心は喋りをやめなかった。

「いいや、聞いてもらわねばならぬ。これも何かの縁ゆえな」

「縁ですと」

「さよう。聞いて驚くなよ。お相手の名はな、鈴木一郎さまと仰るのじゃ」

「げげっ」

「どうした。吐くなら厠《かわや》で吐け」

「……い、いいえ、吐きはしませぬ」

「ふっ、驚くのは無理もない。同姓同名のお相手ゆえな。ただし、身分はちがうぞ。先日も申したとおり、お相手は家禄一千五百石のご大身、お役も三代つづいて大御番をつとめておられる。おぬしがわざと負けてくれさえすれば、わが道場は鈴木家の後ろ盾を得て隆盛を迎えることもできよう」

「無理にござる」

鈴木家の後ろ盾を得てまで、道場を生きのびさせる気は毛頭《もうとう》ない。

竹刀片手に部屋から飛びだしてくると、佐橋八郎がこちらも竹刀を提げて待ちかまえていた。

「よう、師範代、たまには稽古をつけてくれ」

「のぞむところ、ふりゃ……っ」

凄《すさ》まじい気合いを発し、大上段から打ちこんでいく。

――びしっ。

竹刀の切《き》れ端《はし》が飛び、受けたほうの竹刀が割れてしまう。

勢いに任せて額を打つや、八郎は白目を剝いて昏倒《こんとう》した。

一郎は急いで背後にまわり、肩をしっかり抱えて活を入れる。

「うっ」

八郎は目を覚まし、左右をみまわした。

「おい、大丈夫か」

「ああ、何ともないさ。それにしても、強烈な打ちこみだったな」

「すまぬ。ついうっかり」

「大御番の鈴木一郎さまと立ちあえと命じられたな」

「知っておったのか」

「門弟で知らぬ者はおらぬ。無論、おぬしには負けてほしくはない。されど、道場がなくなるのも忍びないと、誰もがおもっておる」

「そうか。みなにも心配を掛けておるのだな」

「気にするな。好きなようにやればよいさ。ただ、本音を言えば、叩きのめしてほしい相手だがな。大御番の鈴木一郎なる者、どうも好きになれぬ」

「何でわかる」

「調べたのさ。評判は芳《かんば》しくないぞ」

役目に関しては怠慢《たいまん》でやる気に乏しく、失態はすべてほかの者のせいにする。組頭をつとめる親の庇護《ひご》が得られるので上役にも平然と口ごたえし、悪仲間と夜な夜な盛り場に繰りだしては芸者をあげ、乱痴気《らんちき》騒ぎを繰りかえしているという。

「一郎、できれば、おぬしには申しあいを受けてもらい、そやつを足腰が立たなくなるまで叩きのめしてほしいのだ。板の間の勝負に身分の上下は関わりないからな、旗本をどれだけ叩いても罰せられることはあるまい」

叩きのめすのは簡単だが、道場を潰《つぶ》す覚悟でのぞまねばならぬ。

だが、今は道場のことよりも、お梅の身のほうが気になって仕方なかった。

身勝手なはなしかもしれぬが、鈴木一郎のもとへ嫁がせるわけにはいかぬ。

一郎はどうしたわけか、婚儀を阻《はば》むことが使命であるかのように感じていた。

八

一郎は道場を出たその足で、池之端へ向かった。

見知った顔の読売屋が、路上で声を張りあげている。

「拐《かどわ》かしだ。小町娘が拐かされた。詳しいことは、ここに書いてある。さあ、買った買った」

「伝六、おい、こっちだ」

小走りに駈けていくと、読売屋の伝六は只《ただ》で一枚投げてくれた。

読売を摑み、さっと目を通す。

拐かされたのは、お梅だった。

「くっ」

裾をからげ、玉造屋へ向かう。

表戸は閉められ、捕り方らしき連中が潜り戸から出入りしていた。

岡っ引きの襟首を摑まえ、無理矢理、外に引きずりだす。

「おい、まことに拐かしがあったのか」

「あったらどうする。おめえさんは何者だ」

「いささか関わりのある者だ。詳しい経緯を教えてくれ。お嬢さまは無事なのか。下手人の目星はついておるのか」

「ちょいと待ってくれ。矢継ぎ早に聞かれても困る。ええと、お嬢さまは無事だとおもうぜ。やつらの狙いは金だろうからな」

「下手人の目星は」

「さあな。まだわからねえが、たぶん、娘に言い寄ってきた武家の誰かさ。そいつが食いつめた浪人どもを雇ってやらせたにちげえねえ。誰かの嫁になるかもってんで、悋気《りんき》の虫にでも食われたんじゃねえのか。もっと知りてえなら、従《つ》いてきな」

岡っ引きにつづいて、一郎も潜り戸から三和土《たたき》に足を踏みいれた。

母親と老女が泣きくずれており、主人の藤兵衛は落ちつかない様子でいる。

下女のお勝が目敏《めざと》くこちらをみつけ、裸足《はだし》のまま三和土に飛びおりてきた。

「お武家さま、鈴木一郎さまであられますよね」

「いかにも」

「どうか、お嬢さまをお助けくださいまし」

「ん、何故、わしが」

「凶事を聞いて矢も楯《たて》もたまらず、押《お》っ取《と》り刀《がたな》で駈けつけてこられたのでしょう。みればわかります。そのように殊勝なお武家さまは、あなたさまをおいてほかにはみあたりませぬ。誰もが厄介事を避け、頬被《ほおかぶ》りをきめこんでおられます。お嬢さまを救っていただけるのは、鈴木一郎さま、微禄な御家人のあなたさましかおりませぬ」

「おいおい、微禄な御家人は余計であろう」

「さあ、こちらへ。旦那さまにお引きあわせいたしましょう」

あれよというまに袖を摑まれ、上がり端《ばな》で履き物を脱いだ。

そのまま、客間へ案内される。

しばらくすると、主人の藤兵衛が顰《しか》め面《つら》の同心を連れてきた。

「お勝から聞きました。このたびは何とお礼を申しあげてよいものやら」

「待ってくれ、わしには何が何やら」

「おわかりでない。されば、ご説明いたしましょう。まずは、この文《ふみ》をご覧ください」

そう言って、藤兵衛は文を畳にひろげた。

「矢文にござります。どうぞ、声を出してお読みください」

「娘を返してほしくば、五百両用意せよ」

「ほかでもない、下手人からの文にござります」

さらに、二矢目の文もみせられた。

「今宵亥《い》ノ刻（午後十時頃）、東漸寺本堂裏にて待つ。捕り方のすがたをみたら、娘の命はないものとおもえ」

「こう出られたら、わしらもお手上げでな」

と、顰め面の同心は鬢《びん》を掻く。

「そこで、どなたか腕の立つお侍を探そうとおもっていた矢先、鈴木さまがおみえになったのでござります。これも何かの縁、いいえ、観音菩薩のお導きにござりましょう」

一郎は藤兵衛を睨みつける。

「見ず知らずの者に、このような大役を任せるのか」

「お勝も太鼓判を押しました。背に腹は替えられませぬ。報酬なら、いくらでもお出しします。どうか、お望みの額を仰ってください。十両ですか、それとも二十両ですか」

いくらでも出すと豪語するわりには、ずいぶん、しみったれている。

「お梅さえ戻れば、それでよいのです。どうか、どうか、妹をお助けください」

畳に額を擦りつける藤兵衛を、同心が苦虫《にがむし》を噛《か》みつぶしたような顔で睨みつける。

拐かしは何かと面倒なので、本音を言えば、関わりを避けたいのであろう。

「詮方《せんかた》あるまい」

一郎はひと肌脱ぐことに決め、藤兵衛たちを安堵させた。

九

町木戸の閉まる亥ノ刻、一郎は五百両の詰まった木箱を抱え、東漸寺の境内へやってきた。

指定された本堂の裏は、墓場になっている。

寒風の吹くなか、裏手へまわってみると、薄闇のなかに卒塔婆《そとば》が林立していた。

墓石と墓石の狭間《はざま》、奥まったところに植わった杉の木の手前に篝火《かがりび》が焚《た》かれている。

「あそこか」

ゆっくり足を向けると、篝火のそばに男がふたり立っていた。

ふたりとも侍だが、うらぶれた風体からして食いつめ浪人にまちがいない。

ひとりは巨漢で、いつぞや、この寺の境内で対峙《たいじ》した浪人者と似ているような気がした。

同じ者なら性懲《しょうこ》りもなく、お梅を不幸に陥《おとしい》れたことになる。

「許せぬな」

と、一郎はつぶやいた。

誰かが、墓石の陰から囁きかけてくる。

「鈴木さま、こちらです」

お勝だ。

心配でたまらず、先廻《さきまわ》りしていたらしい。

「おります。悪党でござりますぞ」

「ああ、わかっておる。そこでみておれ」

一郎は足を止めず、相手との間合いを詰めていった。

「止まれ」

巨漢が吼える。

「金は持ってきたか」

「ああ、ここにある」

一郎は足を止め、抱えた箱をみせてやった。

「娘と交換だ」

「ふん、そうはいかぬ。まずは、箱の中味を拝ませろ」

かけひきに乗る手はない。一郎は声に力を込めた。

「金は拝ませてやる。そのかわり、娘の顔も拝ませろ」

巨漢はしばらく考え、ちっと舌打ちした。

そして、もうひとりに顎をしゃくる。

うなずいた男は杉の木の裏に消えた。

しばらくすると、お梅らしき娘を背負ってくる。

一郎は眉間《みけん》に皺《しわ》を寄せた。

「何故、背負っておるのだ」

「気を失ったからさ」

男は冷笑を浮かべ、背負ったお梅を地べたに落とした。

「うっ」

と、呻《うめ》き声が聞こえてくる。

「なっ、生きておるであろう」

篝火に照らされた横顔は、お梅のものにまちがいない。

「傷つけておらぬだろうな」

「ああ、おらぬさ。乱暴はするなと言われておるのでな」

「誰に言われた。おぬしらを雇った者の名を教えろ」

「教えるとおもうか。さあ、金を寄こせ」

「町娘の拐かしは打ち首獄門ぞ。今なら、まだ間に合う。見逃してやるから、そのまま去るがよい」

「ぬけけ、寝言は寝て言え」

少しでも近づこうと、一郎は歩みながら問うた。

「ちなみに、おぬしらの取り分はいくらだ」

「それを聞いてどうする」

「ひとり頭の取り分が、おぬしらの首代だ。いくらなのかとおもうてな」

「ひとり百両さ。貧乏侍め、羨《うらや》ましいか。さあ、そいつを寄こしてもらおう」

促されて一郎は歩みより、巨漢の面前に木箱を差しだす。

「ぬふふ、存外に素直なやつだな」

両手を差しだす巨漢の足許《あしもと》へ、すっと木箱を落とした。

「ぬぎゃっ」

重い箱に足の甲を潰され、相手は悲鳴をあげた。

刹那《せつな》、一郎は刀を抜きはなち、頭蓋《ずがい》めがけて叩きおとす。

――ばすっ。

巨漢は声もなく、俯《うつぶ》せの恰好《かっこう》で気を失った。

もうひとりが刀を抜き、刃の先端をお梅の首に翳《かざ》す。

「そこまでだ。近づくと、娘の命はないぞ」

吼える男を睨みつけ、一郎は凜然《りんぜん》と言いはなった。

「おぬしの相棒は死んでおらぬ。峰打ちだ。命が惜しくば、雇い主の名を吐け。吐けば命は助けてやる」

一郎の気迫に押されたのか、男の額に脂汗が滲《にじ》んでくる。

だが、口をひらこうとした瞬間、うっと呻いて倒れた。

俯せになった背中をみれば、ざっくり斬られている。

木陰に、もうひとり隠れていた。

「ふはは、おもいだしたぞ。おぬし、野次馬のなかにおったな」

のっそりあらわれたのは、鰓の張った四角い顔の月代侍《さかやき》だ。

一郎は身構える。

「おぬし、鈴木家の用人頭か」

「さよう、米澤十内だ」

「拐かしをやらせたのは、おぬしか。それとも、おぬしの主人か」

「どちらでもかまわぬ。地獄へ堕《お》ちる者に教えても詮無いことよ」

米澤は大股で歩みより、気を失った巨漢の背中へ刀を突きたてた。

「莫迦なまねはやめろ」

「ふん、最初《はな》からこうするつもりでおったのだ」

米澤はためらいもなく、握った刀に体重をかける。

「ぎぇっ」

巨漢は串刺しにされ、悶絶しながら死んでいった。

「惨《むご》いことをする」

「ふん、五百両のためだ。おぬしにも死んでもらう」

米澤は血振りを済ませ、白刃を右八相《はっそう》に構えた。

無理のない構えだ。かなりの手練《てだれ》にちがいない。

「わしは梶派《かじは》一刀流の免許皆伝じゃ。必殺の斬りおとしを避ける手はあるまいぞ」

「どうかな」

と言いつつも、心ノ臓はばくばく早鐘《はやがね》を打っている。

真剣で人を斬ったことがないからだ。

が、ここは真剣勝負を挑まねばなるまい。

一郎は刀を抜きはなち、片手持ちの青眼《せいがん》に構える。

米澤は爪先を躙《にじ》りよせつつ、大上段に構えを変えた。

「ぬふふ、手先が震えておるぞ。もう少し腕の立ちそうな者を寄こすとおもうたが、何やら拍子抜けじゃのう」

一郎は左手で刀を持ち、右手で腰の印籠を探っていた。

印籠に胡椒《こしょう》を入れていたのを、ふいにおもいだしたのだ。

勝てそうにない相手と対峙したときは逃げよと、父に教わった。

さもなければ、汚い手を使ってでも生きのびる手を考えよと、みずからに言い聞かせる。

「まいるぞ。はう……っ」

米澤は地を蹴り、倒れこむように斬りつけてきた。

今だ。

一郎は、右手に握った胡椒をぱっとぶちまける。

粉が相手の目を襲った。

「うっぷ」

一瞬の間隙を衝《つ》き、果敢に脇胴を抜いた。

峰打ちではない。

ぱっくり裂けた脇腹から、鮮血が噴きだす。

米澤は反転し、地べたに頭を叩きつけた。

一郎は血振りを済ませ、静かに納刀する。

「お嬢さま、お嬢さま」

お勝が必死に駈けてきた。

「もう安心にござります、もう安心にござります」

お梅はお勝に肩を抱かれ、目を薄く開けた。

そして、安堵したようにうなずき、ふたたび、目を閉じてしまう。

背後に並ぶ墓石の陰から、様子を窺っていた者たちが駈けてきた。

藤兵衛もおり、途中で足を止めて五百両の木箱を抱えこむ。

番頭や手代はお梅を戸板に乗せ、さっさと何処かへ運んでいった。

藤兵衛が近づいてきて、鷲摑《わしづか》みにした小判を袖にねじこんでくる。

「これでどうか、ご勘弁を」

懇願されても、はいそうですかというわけにはいかない。

何よりも、米澤十内の主人である鈴木一郎の関与を調べねばならなかった。

報酬を拒むと、藤兵衛は泣き顔になる。

「何卒《なにとぞ》、穏便に願いまする」

「案ずるな、おぬしに迷惑はかけぬ」

一郎は途方に暮れる藤兵衛の肩を叩き、消えかけた篝火に背を向けた。

十

六日後、二十四日。

お梅の拐かしは、玉造屋の商売に差しさわりがあるとの理由から、なかったことにされた。要するに、大御番をつとめる鈴木一郎は責めを負わずに済んだ。

もちろん、一郎としては得心《とくしん》がいかない。

何せ、用人頭の米澤十内を斬っている。目付《めつけ》に訴えでようとおもい、佐橋九郎右衛門に相談したものの、おもいとどまれと一喝された。目付も穏便に済ませたいと考えており、米澤は病死扱いとなろう。騒ぎが大きくなればどちらの鈴木家にも難がおよぶ。自分が伝手《つて》を使って上手におさめておくので、波風を立てるでないと厳しく諫められた。

そうした折、大仁田道場の鉄心から、旗本の鈴木一郎との申しあいは二十四日に決まったとの一報を受けた。

耳を疑ったものの、先方はどうしても無外流の一偈を得たいらしい。箔《はく》を付けたいのだ。ほかの道場も当たってみたが断られたので、一周まわって戻ってきた。鉄心としても拒むことができず、伏して頼むとまで文に書いてよこした。

一郎は迷ったすえ、受けることに決めた。

「おぬしの好きなようにすればよい」

と、朋友《ほうゆう》の八郎も言ってくれたからだ。

当日は朝から雲ひとつない快晴となった。

門弟たちはもちろん、大勢の野次馬が道場に押しかけた。

「鈴木一郎同士の申しあいだよ。御家人の師範代はご大身の顔を立てるか否《いな》か。さあ、お立ちあいだ」

読売屋の伝六が声を嗄《か》らしたせいで、振袖姿の町娘まで見物に訪れた。

鉄心は道場の宣伝になるからと、見物人の数に制限をつけないものだから、道場の外まで鈴生《すずな》りの人で埋まった。

伝六も指摘したとおり、見物人たちは裏の事情をちゃんと承知している。

実力に雲泥《うんでい》の差があるものの、師範代の一郎は侍の矜持《きょうじ》を捨てて負けねばならぬ。勝ってしまえば、道場は潰れてしまうのだ。十《とお》から育ててもらった道場への恩義は、山よりも重い。おのれを殺してでも、ここは勝ってはならぬ。

一方で、誰もが内心では勝ってほしいと願っている。高慢ちきな旗本の御曹司をこてんぱんに叩きのめし、溜飲《りゅういん》を下げたい。それが本音なのだ。板挟みになった師範代の一郎は、はたしてどちらを選ぶのか、野次馬たちの注目するところはその一点だった。

申しあいは一本勝負、防具を着けずに竹刀でおこなう。木刀ではないので、相手を存分に叩いてよい。それでも、竹刀で叩かれれば、相当に痛い。ことによったら、骨を折ることもあろう。

「されば、双方前へ」

行司役の鉄心が、ふたりの鈴木一郎を促した。

相手は役者顔負けの色男、白装束の立ち姿も凜々《りり》しくみえる。勝利を信じて疑わぬためか、どっしりと余裕ありげに身構えていた。対する一郎は、窮屈そうな構えだ。そもそも、見かけはひょろ長い牛蒡のようだし、迫力を感じなかった。

「やはり、負ける気なのか」

道場の端に座ってみつめる八郎ですら、そうおもったほどである。

ふたりの一郎は蹲踞《そんきょ》の姿勢を取り、竹刀の先端を軽くぶつけあった。

「いざ、立ちませい」

鉄心の合図で、申しあいがはじまる。

「きええい」

旗本の一郎が甲高い気合いを発し、上段から打ちこんできた。

御家人の一郎はこれを弾き、返しの一撃を打たずに脇へ逃げる。

見物人から溜息が漏れた。

「そいっ」

旗本の一郎が体勢を整え、こんどは正面から突いてくる。

これを鬢一寸《いっすん》の間合いで躱《かわ》し、御家人の一郎は床に転がった。

「おい、逃げるのか」

野次馬から罵声が浴びせられる。

「勝負しろ」

煽《あお》られても、一郎は乗らない。

あくまでも打たず、逃げつづけた。

打ちこむよりも、逃げるほうが難しい。

ときには浅く打ちこまれたが、鉄心は見物人の反応を気にして勝負をつづけさせる。

四半刻《しはんとき》(約三〇分)が経った。

追うほうの一郎は、肩で息をしはじめた。

叩きつけても、突きこんでも、逃げ水のように逃げられてしまう。

平常《ふだん》から鍛えていないので、竹刀を持ちあげるのさえ苦痛になった。

それでも、大身旗本の意地がある。

必死の形相《ぎょうそう》で、逃げる一郎を追いかけた。

旗本の一郎には、ぜったいに負けられない理由がある。

大御番組頭の父から「鈴木家の名誉にかけても勝ってこい」と命じられていた。

勝つことがわかっているのに妙なことを言うとおもいつつ、内心では父のことを嘲笑《あざわら》った。が、勝つことは容易でないと、今はおもいしらされている。

さらに、四半刻が経った。

見物人は誰ひとり、立ち去ろうとしない。

一方はひたすら打ちこみ、一方はひたすら逃げる。

まったくもって奇妙な勝負に魅入られているのだ。

行司役の鉄心にも、理由はわかるような気がする。

双方とも、真剣そのものだからだ。

もはや、ふたりには恥も外聞も関わりない。

汗みずくになり、洟水《はなみず》まで垂らし、口をへの字に曲げ、道場の板の間にのたうちまわっている。ふたりの必死さに、誰もが目を離せなくなっていた。

そしてついに、旗本の鈴木一郎が床のうえでごろんと大の字になった。

ぴくりとも動かない。眸子《まなこ》を開けて天井をみてはいるものの、手足が言うことをきかなくなっていた。

ひたすら逃げまどっていた一郎が、足を引きずりながら近づいてくる。

上から屈むように覗きこみ、旗本の一郎に向かって掠《かす》れた声で問うた。

「お梅のこと、ご存じか」

「ん」

惚《ほう》けたような反応でわかった。拐かしは、米澤十内の一存だったにちがいない。

金欲しさに画策し、いざとなれば主人の鈴木一郎に罪を負わせようとしたのだ。

「師範代どの」

こんどは、仰向けになった一郎のほうがはなしかけてくる。

「この勝負、わしの負けじゃ。明日から、稽古をつけてくれぬか」

「喜んで、お相手つかまつる」

ふたりの一郎はにっこり笑い、おたがいの健闘を讃《たた》えあう。

「お見事な痛みわけ」

佐橋八郎が凜々と声を張りあげ、手を叩いてみせた。

これに乗せられたように、見物人たちのあいだからも拍手が沸きおこる。

歓声は鳴りやまず、やがて、それは嵐のような歓呼となって道場を包んだ。

大仁田鉄心は滂沱《ぼうだ》と涙を流し、感激の醒めやらぬ門弟たちと肩を叩きあう。

一郎は気づかなかったが、喝采をおくる見物人のなかには、お梅とお勝のすがたもあった。

十一

夕刻、一郎は柳橋《やなぎばし》から小舟を仕立て、父とともに大川《おおかわ》へ漕《こ》ぎだした。

川面は夕焼けに染まり、日没寸前、いっせいに燃えあがる。

小舟は颯爽《さっそう》と大川を横切り、舳先《へさき》を竪川《たてかわ》に突っこんだ。四ツ目《よめ》之橋のさきから左手に曲がれば、十間川《じっけんがわ》となる。天神橋《てんじん》のたもとで陸にあがり、ふたりは鳥居を潜った。

「さあ、着きましたぞ。父上、亀戸天神《かめいどてんじん》でござる」

「お、さようか」

父はあたりをきょろきょろみまわしたが、すでに、景色はみえていない。薄闇のなかに石灯籠の炎が揺れるさまも、着飾った男女が和気藹々《わきあいあい》と集《つど》う様子も、自分の目でみることはできなかった。だが、人々の会話や笑い声を耳にし、息遣いを肌で感じることはできる。

「心つくしの神さんが、うそをまことに替えさんす、ほんにうそがへおおうれし」

次郎左衛門は、大声で唄《うた》いはじめた。

今宵は亀戸天神の鷽替神事《うそかえしんじ》、父がどうしても行きたいと言うので、無理をして遠出をしたのだ。

梅の香が漂ってくるのは、梅屋敷が近いせいであろう。

暗くなっても、参詣客の足は留《とど》まることを知らない。

みな、鷽替めあてにやってくるのだ。

一郎は社頭へおもむき、店のまえに次郎左衛門を待たせ、鷽をふたつ求めた。丹《に》や緑青《ろくしょう》で彩色された木の鳥のことだ。木でつくった鷽を、知らない者同士で交換する。「替えましょ、替えましょ」と唄いながら、手から手へ渡していくのである。そうすれば、今までの悪いことはすべて嘘になり、凶事は吉事に替わると信じられていた。

鷽を買って振りむくと、次郎左衛門はそこにいない。

一郎はうろたえつつ、父のすがたを探した。

おらぬ。何処にもおらぬ。

暗さのせいで、遠くまではみえなかった。

「心つくしの神さんが、うそをまことに替えさんす……」

境内の一角では、鷽替がはじまっている。

そちらへ目をやると、輪のなかに次郎左衛門のすがたがあった。

「父上」

慌てて呼びかけても、振りむいてくれない。

流行歌を口ずさみながら、隣の誰かに鷽を手渡している。

「父上」

近づいて呼びかけると、次郎左衛門はようやく振りむいた。

「これはこれは、淡路守さま、ご機嫌麗しゅうございます」

心配させおってと、おもわず、叱りつけたくなる。

そのとき、隣から白魚のような手が伸びてきた。

はかなげな白い手には、鶯が握られている。

握った者の顔をみて、一郎は呆然《ぼうぜん》となった。

「……お、おぬしは」

お梅である。

「驚かれましたか」

お梅は、ぷっと吹きだした。

「おもしろい、お父さままでございますね」

と言われ、一郎はぽっと赤くなる。

「……ど、どうして、ここに」

「お勝から、鈴木さまのことはぜんぶお聞きしました。じつは、お父さまに誘っていただいたのですよ」

「まことか、それは」

一郎は空唾を呑みこみ、誇らしげな父の顔を覗きこむ。

鬢替の輪のなかには、お勝の楽しげなすがたもあった。

それればかりか、佐橋父子や玉造屋藤兵衛の笑顔もある。

「替えましょ、替えましょ」

凶事を吉事に替える呪文を唱えれば、みなの顔に満面の笑顔が弾けた。

石灯籠に照らしだされたのは、満開に咲いた紅白の梅にほかならない。

一郎の目は涙で霞《かす》み、みなの顔がよくみえない。

「替えましょ、替えましょ」

お梅が呪文を口ずさみ、かたわらから遠慮がちに手を伸ばしてくる。

その手をぎゅっと握りしめ、一郎は得も言われぬ幸福に浸《ひた》っていた。

辻堂 魁

鬼《おに》しぶ事《じ》件《けん》帖《ちょう》

著者・辻堂魁《つじどうかい》

一九四八年、高知県生まれ。早稲田大学文学部卒業。二〇一〇年刊行の「風の市兵衛」（祥伝社文庫）がシリーズ化されるや、算盤を片手の渡り用人ながら、《風の剣》でか弱き者たちのために一途に戦う主人公が感動を呼び、一躍、時代小説の旗手となる。著書に『秋しぐれ』『うつけ者の値打ち』「日暮し同心始末帖」シリーズ、『はぐれ烏』他。

一

《鬼しぶ》と、誰がいつ呼び出したか、はっきりとは知らねえ。とに角《かく》だいぶ前からだ。

盛《さか》り場《ば》や賭場《とば》で幅《はば》を利《き》かせるその筋の顔利《かおき》きとか貸元らから、おれの不景気面《づら》が現れると、闇《やみ》の鬼でさえ渋面《しぶつつら》になるぜ、と忌《い》み嫌われていた。それで《鬼しぶ》になった。

男前とは思っちゃいねえ。狭《せま》い額《ひたい》に情けなさそうな太い八文字眉《はちもんじまゆ》。左右ちぐはぐな間の抜けたひと重《え》の目。妙につんとした鼻の下に、小さいのに厚い唇が紅《べに》を塗《ぬ》ったみてえに赤いときた。頰《ほお》もこけて顎《あご》が尖《とが》り、やけに生《なま》っ白《ちろ》い。これじゃあ、誰が見たって不景気面さ。親父《おやじ》とお袋に、もうちょっとましに産めなかったのかい、と文句のひとつもつけたくなる。

と、そうはいっても、こんなおれでも産んでくれてありがてえと、思っているんだぜ。それに、《鬼しぶ》の綽名《あだな》もまんざらじゃねえ。むしろ、面白《おもしれ》えじゃねえかと、言い出したやつに一杯おごってやりてえぐらいさ。

不景気面で、けっこう毛だらけ猫灰だらけ。悪口陰口、恨みつらみに罵詈雑言《ばりぞうごん》、裏稼業で稼《かせ》いでいるやつらに嫌われてこその、町方稼業と心得ている。

もっとも、嫌っているのは裏稼業のやつらばかりとは限らねえ。同じ北御番所の与力同心の中にも、鬼しぶは周《まわ》りの気配が読めねえとか、町方の従来のしきたりに練《ね》れていねえとか、まともな大人のつき合いができねえとか、嫌《いや》みったらしく目も合わさず、おれを毛嫌いしているやつらはいる。

それは、あたっていなくはねえ。

どうでおれは、御番所内の血の巡《めぐ》りの悪い勘違《かんちが》い野郎の嫌われ者さ。けどな、周りの気配やら従来のしきたりやら大人のつき合いやらをそつなくやれというのは、要は、御番所内の余計なことは見ざる言わざる聞かざるで、波風をたてるなよと、てめえらの都合のいいような心得を身につけろよと、言ってるだけじゃねえのか。

余計な波風をたてる気はねえし、おれだって、他人に正義や道理を言いたてる柄《がら》じゃねえのは承知してるぜ。ただ、白猫は白猫だし黒猫は黒猫だ。黒猫を白猫と言う気はねえ。どんなに、血の巡りの悪い勘違い野郎と毛嫌いされてもな。

自慢じゃねえが、そんな嫌われ者のおれが定町廻《じょうまちまわ》り方を仰《おお》せつかったのは、十年前の三十三歳のときだった。

どういうわけか、嫌われ者のおれが物好きなお奉行さまに嫌われなかった。あのときのお奉行さまは、永田備前守《ながたびぜんのかみ》さまだった。

助弥《すけや》がおれの手先についたのも、そのころだ。今も痩《や》せているが、二十歳《はたち》をすぎたばかりの、十年前は背ばかりが細長い青竹みてえな若いのだった。見た目はひょろひょろしていても、存外に俊敏《しゅんびん》で気が利《き》いて、若い割には下っ引にもすばしっこいのを抱えているし、廻り方としては新米が、助弥にずいぶん助けられたもんだ。

え、おれかい？　おれの名は渋井鬼三次《しぶいきさじ》さ。北町奉行所定町廻り方同心だ。で、あれは、その定町廻り方に就《つ》いて半年ほどがすぎた、文化《ぶんか》十二年（一八一五）の春の終わりだ。

一件の始まりは、前年の冬から年の明けた春の初めごろまで、連続して五件ばかり続いた妙な騙《かた》りだった。あの騙り事件は、江戸市中でも、だいぶ騒ぎになった。

騙りに合ったのは五件とも、六十すぎの隠居《いんきょ》暮らしを送っていた年寄りだった。奉公人を何人も抱え、倅《せがれ》夫婦や孫やらと、大所帯で暮らす裕福な年寄りじゃねえ。大抵は二間《ふたま》に台所か、せいぜい三間の小さな裏店《うらだな》で、数十両の蓄《たくわ》えをわずかずつきり崩《くず》してつましく独り暮らしを送る隠居か、老夫婦の所帯が狙われたんだ。

年寄り相手にむごい仕打ちをするじゃねえかと、同情を寄せる声がある一方で、いい歳《とし》をした年寄りが、口先だけの騙りごときに引っかかってみっともない、という声もなくはなかった。

なんでそんな弱い年寄りの、大した金額でもねえ蓄えを狙うのか。騙りをやるなら、裕福な年寄りの、たっぷりと入った懐《ふところ》を狙えばいいじゃねえかと思うだろうが、弱い相手から薄く広くかすめとるのが、騙りや強請《ゆすり》の常道なのさ。

同じ手口の五件の騙りが相次いで、年が明けた矢先の一月、騙りに金を巻きあげられた年寄りが首を吊《つ》るという、死人まで出す痛ましい事件になった。

奉行所からは、くれぐれも用心するようにと町触れを廻し、おれたち町方は、騙りの一味をとっ捕まえようと血眼《ちまなこ》になったものの、ろくな手がかりは得られなかった。肝心の年寄りが動転して、いきなり訪ねてきた相手の顔も歳ごろも満足に覚えていねえ有り様《あさま》だったしよ。

わかった事は、五件の騙りがほぼ間違《まちげ》えなく同じ一味の仕業《しわざ》で、一味の数は三人らしいと、せいぜいそれぐらいだった。

調べが進まねえうちに二月《ふたつき》半ばかりがすぎた三月の末のことさ。ある男の行方がわからなくなったので探してほしいという訴えが、御番所に持ちこまれた。騙りの一件の始末がつかず、そっちに、まだ人手がかかっていたときだ。たまま、新米のおれが見廻る分担の町地にある寺からの訴えだった。見廻りのついでに調べよと、掛《かかり》を命じられた。訴えを受けた当番方は、江戸から誰それが姿をくらましたなんて話は、珍しいわけじゃねえ。そのうち戻ってくるさと、気安く言ってたぐらいの調べだった。

それが、これから話すお久《ひさ》の一件の本筋だ。

二

その春、六十五歳になったお久は、亭主の政吉《まさきち》の様子が気がかりだった。

近ごろ、政吉の物忘れがひどくなった。ぼうっとしていることがよくあった。

「どうしたの？」

お久が訊《たず》ねると、

と、自分がぼうっとしていることに、気づいていないのだ。

「何が？」

先日、こんなことがあった。

茶の間に佇《たたず》んでいる政吉に、勝手の土間の流し場にいたお久が気づいた。

「おや、まだ出かけなかったのかい？」

「お久、飯はまだか」

朝飯は済んだばかりだった。政吉は飼い犬の《とら》を遊ばせるため、隅田川《すみだがわ》の堤《つつみ》を朝飯のあとにひと廻りしてくると、朝飯を食べながらお久に話していた。

お久は、戯《たわむ》れているのかと思った。

「しっかりおしよ、あんた。ご飯は今食べたばかりじゃないの」

お久の声が、少し大きくなった。勝手口のそばで寝そべっているとらが、お久の声に驚いて、頭をひょいともたげた。

政吉は、うん？　とお久ととらを交互に見比べて首をひねった。それから、

「ああ、そうだったな」

と思い出したらしく、そうだった、そうだった、と繰りかえし、「とら、おいで」と勝手口のそばのとらに言った。

お久が勝手口の戸を開けてやり、とらは勝手を飛び出して隣家の境《さかい》の軒下《のきした》を走り抜けていった。

お久は、政吉の具合が心配になった。路地に出て、隅田川のほうへ向かう政吉の丸い背中を見送った。歩みののろい政吉の前を、とらが息をはずませ、いっては戻り戻ってはいき、を繰りかえしていた。

政吉の様子がそんなふうになり始めて、お久は不安を覚えた。だが、そういうとき以外は、無口で、気性も穏やかな、町内の出来事や噂《うわさ》話などを話して聞かせるお久のお喋《しゃべ》りを、にこにこと聞いている大人しい亭主だった。

政吉は、お久より三つ年下の六十二歳。田原町《たわらまち》の畳《たたみ》職人で、お久が三味線堀《しゃみせんぼり》にある出羽《でわ》の佐竹《さたけ》家上屋敷で下女奉公をしていたとき、お屋敷の畳の御用で親方についてきたのが、お久と政吉の馴《な》れ初めだった。

面長《おもなが》で背が高く、大人しくて優しげな様子の男だった。職人としての腕がたち、親方の信頼も厚かった。政吉なら嫁のき手に困らないだろうと、お屋敷のお女中方や下女らの評判はよかった。

その政吉が親方についてお屋敷にお出入りするようになって一年かそこらがたったころ、親方をとおしてお屋敷の御用人に、お久を政吉の嫁にという申し入れがあった。お久は初め、人違いだろうと思った。お久は小柄で可愛《かわい》い顔だちではあったが、器量は人並だったし、政吉と特に親しいのでもなかった。お屋敷の奉公人の中には、自分よりうんと器量のいい若い娘が幾人もいる。そういう娘らと政吉なら似合いだろうと思っていたから、年上の自分と政吉が夫婦になることなど、考えてもいなかった。

ただ、お久は朗《ほが》らかな、純朴で気だての真っすぐな女だった。お久の朗らかさが、場を明るく和《なご》ませるようなところがあった。大人しい政吉は、お久のそんな気だてに惹《ひ》かれたと、のちになって言った。

三月後、お久と政吉は祝言《しゅうげん》をあげた。

初めは、浅草阿部川町《あべかわちょう》の裏店に所帯を持った。娘のお槙《まき》が生まれたのは、二十九のときである。その二年後、倅を産んだが、その子は病気がちで、赤ん坊のときに高熱を出して亡くなった。倅を失った悲しい気持ちを忘れるため、阿部川町から聖天宮《しょうでん》のある浅草聖天町に住まいを変えた。しかしその後は、子宝に恵まれなかった。

お槙は父親の政吉に似《に》て、なかなかの器量よしだった。

浅草橋の茅町《かやちょう》の人形問屋に奉公していた折り、出入りの商人と縁があって嫁ぎ、今は上総《かずさ》木更津《きさらづ》で暮らしている。

孫が四人できた。

政吉は田原町の親方の下で五十七までひと筋に勤めあげた。職人を辞《や》めたのは、目が見えづらくなって、細かい仕事ができなくなったためだ。

とらは、政吉が仕事を辞めた日にもらってきた甲斐犬《かいいぬ》である。もらったときはまだ子犬で、隠居暮らしを始めたお久と政吉は、とらを幼い倅のように可愛がって飼った。とらの名は、黒い毛に褐色《かっしょく》の斑《まだら》模様のあるのが虎みたいなので、《とら》と名づけた。夫婦によくなついたが、亭主の政吉より、どちらかと言えばお久の言うことを聞いた。

お久が政吉を引っ張って暮らしているのが、とらにもわかっていたのだろう。

お久と政吉は、まことに平々凡々とした所帯を営《いとな》んできた。しいて言えば、職人の腕を生かし自分の店をかまえよう、というぐらいの欲が政吉にあっても、と思わぬではなかった。しかし、そういう欲のないところが、不器用で純朴な職人ひと筋の政吉らしさなのだとも、わかっていた。

これでよかったのさ。まあまあの年月だったし、あの人はわたしにはすぎた亭主だったじゃないか、とお久は思っていた。

聖天町にある聖天横町は俗に北新町《きたしんまち》とも言う。往来《おうらい》は、浅草田町《たまち》へ抜ける田抜け道である。田町から日本堤《にほんづつみ》へ出て、箕輪《みのわ》のほうへいく途中に見かえり柳があって、そこから新吉原《しんよしわら》の大門《おおもん》へ衣紋坂《えもんざか》がくだっている。

その聖天横町の往来を住まいのある小路《こうじ》に折れたときだった。お久は、小路から往来へ出る男とすれ違った。編笠《あみがさ》をかぶり、茶羽織《ばおり》の下にお仕着せふうの紺《こん》の長着《ながぎ》を着流した商人風体《ふうてい》に見えた。互いに左右によけてすれ違い様、ちら、と商人風体と目を交わした。

おや？　とお久は思った。ほんの束《つか》の間に見交わしただけだが、編笠下の顔だちに見覚えのあるような気がした。

どこの人だっけ、と思った。

「ごめんくださいませ。こちらは、政吉さんのお店《たな》とうかがい、お訪ねいたしました。ご亭主の政吉さんは、ご在宅でございましょうか。ごめんくださいませ」

表戸が開き、編笠をかぶったままの商人風体の男が、表土間に入ってきた。男は表の腰高障子を静かに閉め、

「政吉さんは……」

と言った。

「へ、へい」

政吉は、火鉢《ひばち》の前からもたつきながら立ちあがった。

風呂敷にくるんだ包みを、高鳴る胸の前でしっかりと抱いていた。勝手の土間で、とらが政吉を咎《とが》めるように吠《ほ》えた。

「とら、吠えるんじゃやねえ」

居間の障子戸ごしに、とらを叱りつけた。とらは吠えやんだが、うう……となった。政吉は、二間に台所の住まいの、表土間続きの部屋にいき、土間に佇む編笠の男の前の上がり端《ばた》に手をついた。身体が震え、男を見あげられなかった。

「ご亭主の政吉さんで、ございますね」

「へい。政吉でございます」

「政吉さん、ご在宅でようございました。わたくしは、茅町二丁目の人形問屋龍月《りゅうげつ》で番頭を申しつかっております新助《しんすけ》と申します。突然お訪ねいたしましたのは……」

「ば、番頭さん、何とぞ、ここ、これを」

政吉は新助と名乗った男をさえぎって、手をついた恰好《かっこう》のまま、風呂敷にくるんだ包みを、恐る恐る前へ差し出した。

「これは、もしかして？」

「へい。先ほどそちらの次郎助《じろすけ》さんがお見えになり、委細はうかがいました。貞《さだ》一郎《いちろう》の不始末には、これを用だてていただき、お奉行所へのお届けはご猶予《ゆうよ》をお願いいたします。貞一郎は、娘の亭主でございます。生真面目《きまじめ》な正直者でございます。まだ手のかかる子が四人おり、亭主の貞一郎が牢屋《ろうや》へ入れられちまうと、母親と子供ら四人が路頭に迷うことになります。何とぞ罪のない親子にご慈悲をお願いいたします」

普段は無口の政吉が、懸命に言った。

「次郎助がうかがった？　さようで。もうご存じでございましたか。ご存じならば、話がしやすくて助かります。わたしども龍月の主人も、貞一郎さんがそのような方でないと、長年おつき合いさせていただき、よくわかっておると申してはおります。ですが、事は商《あきな》いの振《ふ》り手形《てがた》の紛失という重大な失態がからんでおり、お奉行所にお届けするしかあるまいなと、苦慮いたしておるのでございます。で、これを？　拝見いたします」

新助は、何重にもくるんだ風呂敷を解《ほど》いて、二十五両のひとくるみと十数枚のままそれを数えた。

小判を出して見せた。なるほどなるほど、というふうに首をふりながら、立った

「四十三両。半額と少々でございますね」

「あっしら夫婦の、それが精一杯でございます。あとは、銀貨が少しばかりと、銭ばかりでございます。あっしらは、それだけありゃあ、当座はしのげます。手形がどうのこうのと、むずかしいことはわかりませんが、次郎助さんによれば、始末をつけられる目途《めど》はたっていると、貞一郎は申しておるそうでございます。どうか、貞一郎を信じてやっておくんなせえ」

「わかりました。政吉さんの誠意は身に染《し》みました。ならば、これをお預かりいたし、わたしのほうからも、今しばらく猶予をおくように主人に頼んでみます。これがあれば、主人も納得いたしますでしょう。貞一郎さんがそういう方でないことは、主人もわたしも、信じておるのでございますから」

と言いつつ、新助は小判を用意していた袋に手早く入れ、懐へねじこんだ。それから、これも懐に用意していた預かり証を出し、金額を書き入れ、

「お金の預かり証です。どうぞ」

と差し出した。政吉は押しいただいた。

「では、これを持って急いでお店に戻り、主人に政吉さんの誠意を伝え、今後の段どりを改めることにいたします。これで、貞一郎さんがお縄《なわ》になるという最悪の事態は、さけられると思います。ご安心ください」

「よろしく、お願いいたしやす」

と、政吉が畳に手をついたとき、勝手のとらが、また吠えたてた。

政吉は、表戸まで新助を見送ってから台所へ戻った。台所の上がり端に腰かけ、すり寄ってくるとらの黒い毛に覆《おお》われた頭をなでつつ、ひとり言《ご》ちた。

「貞一郎には、ひと言、気をつけねえと駄目だぞと、言ってやらなきゃあな」

そこへ、隣家との境の軒下に足音がし、勝手口の腰高障子に影が差した。

「ただ今」

と、お久が戻ってきた。

その日、お久は橋場町《はしばちょう》の知り合いに年明け早々初孫が生まれたというので、出産祝いの祝儀を持っていった戻りだった。お久が戻ると、とらは政吉から離れて、お久の足元にじゃれつき、くう、と鳴いた。

「あんた、米饅頭《よねまんじゆう》を買ってきたよ。美味《おい》しそうだったから、つい買っちゃった。今お茶を淹《い》れるからね」

台所の上がり端に腰かけ微笑《ほほえ》んでいる政吉に言った。そして、竹皮にくるんだ米饅頭の包みを解き、政吉に「ほら、これ。おいしそうだろう」と見せた。

「ああ、うまそうだ」

政吉は、微笑んだままこたえた。

「何か面白い事があったのかい。楽しそうじゃないの」

「面白い事なんて、何もねえさ。おめえが戻るまで、大変だったんだぜ。と言っても、心配は要《い》らねえ。方はついたから」

「そうなのかい。何があったんだい」

お久は台所の板敷にあがり、茶箪笥《ちゃだんす》から茶葉や茶碗《ちゃわん》、急須《きゅうす》をとり出した。

政吉は腕組みをし、「お槙の亭主の貞一郎のことさ」と、初めに次郎助という

お槙の知り合いの男が訪ねてきて、そのあとに訪ねてきた龍月の番頭の新助に金を託《ことづ》け、貞一郎がお縄になるのはどうやらまぬがれたという経緯を、まだ気づかずに語った。

政吉ののどかな話しぶりの途中で、お久の顔色は蒼白《そうはく》に変わり、茶碗を持つ手がぶるぶると震え出した。手からこぼれた茶碗が、お久の膝と台所の板敷を転がり、勝手の土間に落ちて、かちゃん、と割れた。政吉は訝《いぶか》しげにお久を見つめ、

とらは驚いて飛び退《の》いた。

「あ、あんた、かかか、金を託けたって、もも、もしかして、蓄えを渡しちゃったってことなのかい」

「しょうがねえだろう。貞一郎はお槙の亭主なんだ。娘の亭主が困っているのを、放っておくわけにはいかねえだろう」

「い、幾ら、渡したんだい」

「幾らって、おめえ、貞一郎が困っているんだから……」

お久は腰を抜かすぐらい驚いていたが、懸命に立ちあがり、台所と居間の仕切りの障子戸を開け放った。居間は火鉢に炭火が熾《おこ》り、五徳《ごとく》にかけた鉄瓶《てつびん》が湯気をあげている。お久は、簞笥の奥に仕舞《しま》ってある財布を調べた。

「あんた、お金が、お金がないよ」

財布を落とし、数枚の銀貨と銭が畳にこぼれ出た。

「だからよ、貞一郎の……」

「何言ってんの。馬鹿っ、ばかばか。お槙と貞一郎は、江戸にいないんだよ。今は木更津で暮らしているんだよ。お槙と貞一郎と子供たちが木更津へ越していったのは、去年の秋のことじゃないか。お槙も貞一郎も、子供たちも、江戸にはいないの。貞一郎は、龍月さんの仕事は、もうしていないんだよ」

しっかりおし――と、お久は思わず叫んでいた。政吉は、瘧《おこり》を患《わずら》ったかのように震え出した。お久を啞然《あぜん》と見あげ、歯を細かく鳴らした。勝手のとらも、お久の様子に気づいて怯《おび》えていた。

お久は、一瞬めまいを覚えた。しかし、すぐに気をとりなおし、政吉の肩を激しくゆすって問い質《ただ》した。

「し、新助というのはいつきたの？　どんな男なの」

「いつって、おめえが戻る、ちょ、ちょいと前……どんな男か、編笠をかぶってたから、顔は、よく、わからねえ……」

今にもべそをかきそうな小声で、政吉はこたえた。編笠の？　あ、あの男、とお久は、北新町の往来から小路へ入ったところですれ違った編笠の男を思い出した。茶羽織に紺の着流しのあの男だ、と気づいた。

「あんた、おいで。いくよ」

お久は勝手の土間に飛び降りた。

「ど、どこへ」

「新助を追いかけるんだよ。じれったいね。とら、おまえもおいで」

裸足《はだし》で勝手を飛び出て軒下を走り抜けた。けたたましくどぶ板を鳴らして路地を駆けた。とらが激しく吠え、二人のあとを追った。

お久は小柄だが、力は強かった。あまり元気だと、年寄りのくせにと言われるので弱ったふりをしていた。けれど、本当は、若いころと変わらず掃除洗濯炊事《すいじ》に買い物を苦にせずこなし、近ごろでは、とらを遊ばせるために、毎日隅田川端《ばた》を早足で歩き廻っていた。足腰にはまだ力が漲《みなぎ》り、衰《おとろ》えを感じなかった。

お久よりはるかに身体が大きく、力も強い政吉のほうが、隠居をして以来、急に衰えを見せ老けこんでいた。

政吉は、小柄なお久の思いもよらず強い力に引っ張られて慌《あわ》てた。お久と政吉のしんがりを務めるかのように、とらが荒々しい息を吐きつつ続いた。二人と一匹が、路地を駆け出てゆくその様を、近所のおかみさんらが不審そうに見やった。

三

七草粥《ななくさがゆ》がすぎてまだ数日の夜更《よふ》けは、寒さが厳しかった。文八郎《ぶんぱちろう》店の路地は凍《い》てつき、深い静寂《せいじゃく》が覆っていた。とらは勝手口のそばで寝そべり、お久と政吉は、居間の火鉢を挟んで向かい合っていた。ようやく火鉢の火が熾ったばかりで、五徳にかけた鉄瓶はまだ湯気をのぼらせていなかった。

新助と名乗った男を追って走り廻ったが、行方《ゆくえ》はわからなかった。茅町一丁目までいき、人形問屋の龍月へ駆けこみ質した。応対に出た手代や主人は、とり乱した二人に「なんのことやら」と、首をひねるばかりだった。仕方なく聖天町へ戻り、自身番で事情を訴えた。

それで、騙りがうちの町内にも出たよ、と騒ぎは大きくなった。

知らせを受けた北町奉行所の同心が出張ったのは、それから一刻《とき》（約二時間）後だった。自身番で政吉は細かく事情を訊《き》かれたが、新助やらその前にきた次助の特徴などは殆《ほとん》ど思い出せず、町方を苛《いら》つかせた。

お久が代わって、戻りの小路ですれ違った新助らしき男の、茶羽織と紺の着流し、背丈やちらと見た顔つき、歳ごろなどをうろ覚えに話した。どこかで見覚えがあるような気はしたものの、それは言っても仕方がないので言わなかった。

「何か思い出したら、どんな些細《ささい》な事でもいいから知らせてくれ。これは預かる」

町方は言い残し、新助がおいていった預かり証を持っていった。

疲れきって文八郎店に戻ったときは、もう日が暮れていた。近所の住人が顔を出し、

「さっき町方がいろいろ訊きにきたよ。大変だったね」

「困ったことがあったら、言っておくれ」

「気を落とさずにね」

などと、声をかけられた。

お久と政吉は火鉢を挟んで向かい合い、ひと言も言葉を交わさなかった。夜は静かに更けていた。政吉は唇をぎゅっと歪《ゆが》めて閉じ、顔を伏せていた。無精髭《ぶしょうひげ》の生《は》えた口元が、みすぼらしく、哀れに思えた。

「ごめんね、あんた。腹をたてて、大きな声を出しちゃったね」

政吉は、黙って首を横に弱々しくふった。

「ご飯まだだね。これから支度《したく》するから」

いらねえ、というふうに首を横にふった。

「じゃあ、お酒を呑《の》むかい。お正月のお酒がまだ残っているよ」

また首を横にふった。しばしの沈黙をおいて、お久は言った。

「仕方がないね。あんたが稼《かせ》いで蓄えたお金を、あんたが失《な》くしただけじゃないの。誰にも迷惑をかけたわけじゃないもの、残念だけど諦《あきら》めよう。わたしは大丈夫さ」

言った途端、悲しくてため息が出た。

「明日から、仕事を探すよ。あんたがちゃんとご飯を食べられるように、今度はわたしが稼ぐから、心配は要らないよ」

無理やり明るく言うと、政吉がか細い声を絞り出した。

「お、おれも、働く……」

「そうかい。あんたは腕のいい職人だったんだから、田原町の親方に頼めば、また仕事を廻してもらえるかも、しれないね。でも、ここは出ないといけなくなるね。ここの店賃は、払えないもの。もう三十年、暮らしたし、お槙はこの店から、嫁に出したんだけどね……」

政吉は、伏せた顔をあげなかった。

お久は、行灯《あんどん》ひとつの薄明かりに照らされた部屋を見廻した。やりきれなさと先の不安に胸がふさがり、堪《こら》えきれなくなって、しくしくと声を忍ばせて泣いた。

それでも翌朝目を覚ますと、くよくよしてもどうにもならないもの、と自分に言い聞かせた。政吉はまだ眠っていたが、いつものように起きて、朝ご飯の支度をした。

米櫃《こめびつ》にはお米がたっぷりと残っている。味噌《みそ》や醬油《しょうゆ》や酢も、正月用に買ったばかりで当分間に合う。ここの店賃は、今月と来月分はなんとかなる。質に入れられる着物も少しはある。

幸い、身体は元気だった。その間に、奉公先を見つけられれば、と思案《しあん》した。

「あんた、ご飯の支度ができたよ。お食べ」

政吉に声をかけたが、月代《さかやき》ののびた白髪まじりの髷《まげ》を力なくふり、すねた子供みたいに布団《ふとん》にくるまって出てこなかった。

お久は身支度をし、とらに亭主のことを「頼んだよ」と、言い残して住まいを出た。

花川戸《はなかわど》や材木町《ざいもくちょう》、広小路の仲町《なかまち》などの浅草寺《せんそうじ》周辺、それから新寺町《しんてらまち》、下谷《したや》広小路まで足をのばして口入屋を廻った。年寄りだが、身体は元気だし、見た目には六十五歳には見えないと言われる。若いころのようなお屋敷奉公は無理でも、選《よ》り好みをしなければ、どこかに働き口は見つかるだろうと思っていた。

ところが、朝から一日中歩き廻って、働き口は見つからなかった。まず、六十五歳という歳で、どこの口入屋でも、「ないない」と、素《そ》っ気《け》なくあしらわれた。お久の歳では、働きたくても働けない実情に気づかされた。政吉と所帯を持っておよそ四十年、家事仕事に明け暮れ、世の中の働き口の事情など、深くは考えてこなかった。

「婆《ばあ》さんの働き口なら、箕輪あたりへいけば見つかるかもしれませんけどね」

池之端《いけのはた》の口入屋で、そこの若い男が親切ごかしに言った。いやな思いにさせられたが、我慢して箕輪町へも疲れた足をはげました。

箕輪町でひとつだけ、身体さえ元気であれば六十五歳の婆さんでもかまわない、という働き口があった。寝たきりの年寄りの世話だった。ただ、住みこみということなので、物忘れがひどくなった政吉の事情を考えると、住みこみの奉公はできなかった。

夕暮れどき、冷たい夜風の吹き始めた日本堤を戻った。山谷堀《さんやぼり》が掛小屋の並ぶ堤道の左手に沿い、右手前方の田んぼの向こう、吉原の明かりが眺《なが》められた。身体を売らなければならない女のつらさが、今さらながら身に染みた。明日は千住《せんじゅ》宿へいって働き口を探してみよう、とお久は思った。

山川町《やまかわちょう》から北新町の往来まで戻り、これから政吉の晩ご飯の支度をしなければいけないと思ったとき、昼もとらず歩き廻ってきたことに気づいた。言いようのない虚《むな》しさに、どっと疲れを覚えた。晩ご飯の支度をする張り合いがなく、悲しくなった。

そのとき、犬の鳴き声が聞こえてきて、ふと、あれはとらだ、と気づいた。急に胸騒ぎを覚えた。文八郎店の路地へ折れた途端、薄暗くなった路地に住人の姿が幾人も目に飛びこんできた。みな、お久の住まいの前に集まっていた。

足が震え、胸の鼓動が激しく鳴った。とらが吠えていた。住人らがお久に気づき、「お久さん」「大変だよ」と口々に呼んだ。住人の足の間からとらが飛び出してきた。お久に飛びかかりそうな勢いで走り寄り、激しく吠えた。

政吉の亡骸《なきがら》は、居間の布団に寝かされていた。顔にかぶせた白布の鼻のあたりが尖って見え、あれは、鼻筋のとおった形のいい政吉の鼻だと、そんなことを考えた。家主の文八郎や町役人、自身番の当番、店の住人、政吉の昔の職人仲間らが二間と台所だけの狭い店に集まり、布団の周りを囲んでいた。勝手の土間には、隣近所のおかみさんらがいた。みながいっせいに、お久へ見かえった。文八郎と町役人らが、重苦しい顔つきを寄こし、

「お久さん、ここへ」

と、場所を空けた。枕元においた線香たての線香が、煙をゆらめかせ、香の臭いが部屋に漂《ただよ》っていた。お久は政吉の枕元に跪《ひざまず》き、恐る恐る白布をめくった。そして、政吉の穏やかな顔つきを見て、ああ、よかった、と思った。政吉の顔へ顔を寄せ、両手で触れた。目鼻と口、頬や耳や額や顎や、白髪のまじった無精ひげまで目に焼きつけた。それから政吉の首筋へ両腕を廻し、抱き締《し》めた。

「あんた、これで、楽になったのかい……」

ごめんね、ごめんねと、お久は泣いた。政吉が、可哀想《かわいそう》で可哀想でならなかった。

「とらがひどく吠えてな。お清《せい》さんがどうしたんだろうとのぞいたら、政吉さんが、首を吊っていたそうだ」

家主の文八郎が、ため息まじりに言った。並んでいた隣家のお清が話を継いだ。

「お久さんが出かけてちょっとしてから、政吉さんもとらを連れて家を出たのさ。どちらへって、声をかけたけど、政吉さんはずいぶんしょ気《げ》た様子で、何もこたえなかった。無理もないよ。昼をだいぶ廻って、政吉さんととらが帰ってきた物音がして、しばらく静かになっていたのが、とらが急に吠え出してね。いつまでも鳴きやまないのさ。それでどうしたのってのぞいたら、勝手の土間で……これが居間に残っていたよ」

お清は、線香たてのそばの巻紙をとって、お久に手渡した。巻紙には、《おひさどの》と書きかけの歪んだ平仮名《ひらがな》が読め、続きは書かれていなかった。政吉は、書置きを残そうとしたが、字が書けなくなっていたのに違いなかった。すると、政吉の職人仲間だったひとりが言った。

「昼前に田原町の兼五郎《かねごろう》親方を政吉さんが訪ねてきて、また仕事をさせてほしいと頼んだそうです。親方は、昨日の騙りの一件を耳にしておりましたから、そうかい、やるかい、と言って仕事を任《まか》せたんです。ところが、政吉さん、仕事ができなかったんです。畳職人が畳の作り方を、忘れていたみたいだった。午後になって、親方、おれはもうだめだ、と仕事を投げ出し、帰っていきました。ずっと、とらが政吉さんについておりました。それから一刻半（約三時間）ほどたって……」

土間の勝手口のそばで、とらが政吉の枕元のお久を、黒い目で見つめていた。とらだけが政吉の最期を、見守っていたのだった。

「この人は、このごろ急に物忘れがひどくなって、家への帰り道さえ、忘れ始めていたんです。まるでこの人が、少しずつ、消えていくみたいでした」

お久は、巻紙をにぎり締めて言った。

「とらがいたので、助けられていたんです」

「そうだったのかい。気づかなかった。そんなふうには見えなかった」

文八郎が呆《あき》れて言い、みなの驚きの低いどよめきが流れた。

通夜《つや》と葬儀が済み、火葬寺で政吉の亡骸を荼毘《だび》に付した。政吉の死の知らせを受けて、木更津から娘のお槙と亭主の貞一郎が駆けつけたのは、葬儀が済んだ翌々日である。

「おっ母《か》さん、どうしてこんなことに……」

政吉の位牌《いはい》と骨壺《こつつぼ》の前でお槙と抱き合ってひとしきり泣き、お久は少し慰《なぐさ》められた。

「おっ母さん、これからは、江戸を引き払って、木更津でわたしたちや孫と一緒に暮らすんだからね。お父《と》っつあんは、木更津のお寺に埋葬したらいいんじゃないの」

江戸で生まれ育ち、江戸以外を知らないお久にとって、江戸を去るのは心残りだったが、今となっては仕方がなかった。

「江戸を出る前に、豊嶋村《としまむら》の西福寺《さいふくじ》にお参りをさせておくれ。六阿弥陀巡《ろくあみだめぐ》りの一番寺で、お父っつあんの具合が悪くなってから、お父っつあんと、具合がよくなりますようにと、お参りをしたことがあるんだよ。西福寺は、参拝すると最期のときに阿弥陀さまが極楽へお迎えにきてくださると言われていてね。お父っつあんにもきっとお迎えがきたんだと思う。だって、あんな最期だったのに、とっても穏やかな顔つきだったもの」

そう言って、お久はまた目頭《めがしら》を熱くした。

お槙とともに、豊嶋村の西福寺へ参拝に出かけたのは、仕事のある貞一郎が木更津へ先に戻った三日後の晴れた日だった。とらが浮かれ、お久とお槙の前後を走り廻った。西福寺に参拝するだけなので、朝はゆっくりと出かけ、山谷堀の船着場で船を雇い、豊嶋村の渡し場まで隅田川をさかのぼった。西福寺で参拝を済ませたあと、昼を門前の掛茶屋《かけぢゃや》でとってから、戻りは堤をゆき、町屋《まちや》村あたりから田んぼ道をとって、箕輪町へ出ることにした。

お久は、昼下がりの堤をのどかに歩み、これが見納めになるかもしれない隅田川の景色を、気が済むまで眺めた。川面《かわも》は青く染まり、昼下がりの日射《ひざ》しを受けてせつなくなるほど美しく輝いていた。

と、下尾久村《しもおぐむら》から町屋村へいたる人家よりだいぶ離れた堤道をゆく途中、堤道のそばの疎林に囲まれた中に、茅葺《かやぶき》屋根の二、三戸の朽《く》ちかけたような建物が見えた。どうやら、小さな寺の本堂や庫裡《くり》らしかった。堤道から細道を少しくだったところに草生《む》した山門があり、古びた扁額《へんがく》に《浄念寺《じょうねんじ》》とかすれた文字が読めた。寺を囲う土塀は所どころが崩《くず》れていて、境内《けいだい》は、竹藪《たけやぶ》やまだ葉をつけていない樹林がのび放題になっていた。とらが堤を駆けおり、山門の前でけたたましく吠えた。

「浄念寺？　なんだか、古ぼけた気味の悪いお寺ね。ご住持はいるのかしら」

お槙が言った。

「たぶん、いるよ。ちょっと見てみよう」

「あら、おっ母さんの知ってるお寺？」

お槙にこたえず、お久は堤をくだり、山門の前に出た。鉄鋲《てつびょう》の錆《さ》びた古い門扉《もんぴ》の片方が、蝶番《ちょうつがい》のひとつがはずれてかしいでいた。境内には草が茫々《ぼうぼう》と生え、屋根の茅葺が傷《いた》み、少しかしいだ本堂が見えた。屋根の上に背後の竹藪が鬱蒼《うっそう》と

見え、本堂には、破れ障子がたててあった。お久が門をくぐっていくので、

「おっ母さん、大丈夫かい？」

お槙が、気味悪そうに言った。

「大丈夫だよ。おいで」

境内に入ると、とらがお久を追いこして境内の中を走り廻った。本堂の破れ障子ごしに、埃《ほこり》をかぶった須弥壇《しゅみだん》がのぞいていた。本堂の隣に僧房《そうぼう》が並び、戸口にたてた古びた板戸がはずれかけていた。

「これで本当に、ご住持がいるの？」

「いると、聞いたよ」

「誰に聞いたの」

お久はこたえなかった。しかしお久は、政吉が騙りに合った翌日、箕輪町まで働き口を探しにいき、箕輪町の口入屋でひとつだけあった寝たきりの年寄りの世話をする働き口が、この町屋村の浄念寺だったことを覚えていた。ここだったのか、とお久は思った。境内は昼下がりの日射しが降り、小鳥の鳴き声が、本堂の後ろの竹藪のほうからのどかに聞こえ、お久には心地よく感じられた。

とらが、本堂の後ろのほうで吠えていた。本堂を、僧房とは反対側の方向へ廻

ったところに、竹藪の奥に隠れてしまいそうな阿弥陀堂があった。竹藪の間を小道が通っていた。御堂の破れた板階段と、階段の上に格子の両開き戸が閉じられ、茅葺屋根の所どころに草が生えていた。

とらは、今にも朽ち果てそうな御堂に向かって吠えていた。

「静かにおし」

お久は、御堂を見つめたままとらを叱った。そして、竹藪の小道をゆき、御堂の軋《きし》む板階段をのぼった。

「おっ母さん……」

後ろから、お槙が心配して呼んだ。

かまわず格子戸を軋ませた。格子戸を両開きにすると、竹藪を透《すか》した木《こ》もれ日が、御堂の中を斑模様の光で照らした。薄暗い屋根裏の梁《はり》から枯《か》れた蔦《つた》が、力つきたように垂《た》れさがり、おそらく何年も気づかれずにすぎ去ったその年月に、白い砂埃《すなぼこり》と枯れ葉が積もって、所どころが破れて穴の開いた床板を覆っていた。穴から床下の根太《ねだ》がのぞき、草がのびていた。

だが、御堂の中には、何もなかった。

束《つか》の間、お久は落胆を覚えた。

しかしそのとき、御堂の中に忘れられ見捨てられてきた長い年月の、干《ひ》からびた臭気が流れ出て、お久の身体をくるんだ。それはまるで、閉じこめられていた亡霊が解き放たれ、ふわり、とお久に凭《もた》れかかったかのようだった。

「あっ」

お久の脳裡《のうり》に、あの男の顔がよぎった。茶羽織の下に紺の長着を着流し、編笠の下からお久を一瞥《いちべつ》したあの顔が、よぎった。とらがお久の足元にすり寄った。

とら、あの男だよ……

お久は言った。

四

二ヵ月半がすぎた晩春三月の下旬も末、北町奉行所に、行方知れずの僧の探索願いの訴えが出された。訴えを届け出たのは、浅草新堀川端《しんぼりがわばた》にある真宗竜光寺《しんしゅうりゅうこうじ》の住持・覚修《かくしゅう》で、覚修の倅の額栄《がくえい》という二十三歳の新発意《しんぼち》が、五、六日前から寺に帰っていなかった。

「渋井、新堀川は、おぬしの分担だな。見廻りのついでに、竜光寺に寄って、額栄が行方知れずになった詳しい経緯を聞いて、ちゃちゃっと調べをつけてくれるか」

当番方の与力が、定町廻り方に就いてまだ一年にならない渋井鬼三次に言った。

「新発意と言っても、額栄はどうやら、放蕩三昧《ほうとうざんまい》の与太《よた》らしい。どうせ、岡場所かどこかの馴染《なじ》みの女のところにしけこんで、帰るのを忘れて五、六日がたっているだけだろう。そのうち、ふらりと戻ってくるさ」

住持の覚修は、倅の日ごろの放蕩がわかっていた。それゆえ、どこかの町家で羽目《はめ》をはずしすぎた挙句《あげく》にあぶない目に合っているのでは、と案じた。

寺社の事は、本来なら寺社奉行へ訴え出る筋である。だが、覚修が寺社奉行ではなく町方に訴えを出したのは、寺社奉行では、倅の僧にあるまじき放蕩を咎《とが》められ、藪蛇《やぶへび》になる恐れがあったかららしい。それに何よりも、寺社奉行には町家に詳しい与力や同心がいなかった。

新寺町から新堀川の竜光寺へ向かったのは、浅草寺の時の鐘が昼九ツ（正午頃）を鳴らして半刻ほどがたった、三月にしては少し汗ばむくらいの陽気の午後だった。竜光寺の門前には、堂前《どうまえ》という岡場所がある。泊まりは二朱《しゅ》、切りは二百文《もん》の局見世《つぼねみせ》ながら、家の造りと女郎の様子は美しく、客引きや呼びこみをせずとも評判の遊里だった。店頭《がしら》は、原治《げんじ》という元は浅草の広小路で幅を利かせた博奕打《ばくちう》ちだった。

「おや、旦那。竜光寺の住職を訪ねるんじゃねえんですかい」

竜光寺門前の往来を、その先の山門に向かわず、堂前の木戸をくぐったので、手先の助弥が意外そうに言った。

「その前に原治と会って、額栄の評判を訊いておく。額栄は、新発意のくせに修行の裏で放蕩三昧らしいから、原治が詳しいに違いねえ。親はてめえの倅のことは、案外知らねえもんだ。知っていても、まずいことは話したがらねえだろうしな」

原治は、四十をすぎた歳ごろの、色の浅黒い目つきの恐い男である。渋井に黄ばんだ隙間《すきま》だらけの歯を見せ、

「お役目、ご苦労さまでございやす」

と、愛想笑いを寄こした。

「……ははん、竜光寺の額栄さんのことをお調べで。額栄さんが、何か、やらかしたんでやすか。額栄さんが戻ってこずに、今日で六日目？　そう言えば、ここ

んとこお見かけしやせんでしたね。けど、高々《たかだか》五、六日でしょう。今に、けろっとして戻ってくるんじゃねえんですか。下谷界隈《かいわい》の賭場で、托鉢《たくはつ》修行の傍らしばしば息抜きをなさっているんで、噂は聞いておりやす。山下《やました》あたりの町芸者の中に馴染みがいるとかも、以前、ご本人が自慢げに語っておられやした。賭場は、たぶん御数寄屋町《おすきやまち》です。あの界隈を縄張りにしている貸元は、治五郎《じごろう》親分でやす。治五郎親分にお訊ねになれば、馴染みの芸者の名前とか、もう少し詳しい様子が聞けると思いやす。いえ、堂前では遊ばれやせん。あっしはかまわねえんですがね、ここは隣の竜光寺のご住持の目が、光っておりやすもんで。額栄さんは、お寺の修行よりあれやこれやと俗世にやることが沢山あって、どうも、気性がお寺さん向きじゃあねえようで」

原治は、当番方与力と同じように、皮肉交じりに言った。

そして額栄のこの五、六日の居どころの心あたりについては、「さあ、そこまではあっしにも……」と首をひねった。

堂前から、次に竜光寺の覚修を訪ねた。

墨染《すみぞ》めの衣《ころも》に小太りの身体をくるんだ覚修が、渋井らを迎えた。

覚修は、剃髪《ていはつ》の頭をむっちりとした手でなでつつ、何とぞ御番所のお力添えを、とひそひそ声で訴えた。

「額栄がこんなに寺を長く空《あ》けたことは、これまではありません。せいぜい、二、三日で戻ってまいります。もしかしたら今ごろ、どこぞの誰かに……」

「ははん、托鉢の修行の途中にね。すると、どこぞの誰かに、お心あたりが？」

「いえ、そうではありません。ただ、額栄は気だての大人しい男です。托鉢修行の途中、町家のいかがわしい誰かに因縁《いんねん》をつけられたかして、何か、災難に合ったのではないかと心配しております」

「確かに、大人しいと因縁をつけられやすいかもしれませんな」

額栄が廻りそうな心あたりの場所や人を訊ねた。ところが、覚修の受けこたえは要領を得なかった。ただ、心配でならぬ、というふうにしおれるばかりである。倅の日ごろの放蕩ぶりを隠しているのは明らかだった。

「ご住職、額栄さんがどこでどんな修行をなさっていたか、わたしに関心はありませんがね。坊さんにあるまじきふる舞いをしていたとしたら、それを咎めるかどうかは上が決めることでさあ。筋を言えば、これは寺社奉行に届けるべき一件でしょう。御番所に訴え出ながら、わたしら町方に力を貸す気がないのなら、寺社奉行に訴えを出しなおされたらいかがですか。わたしらは手を引き、寺社奉行と代わりますぜ」

「いえいえ、け、決してそのような。包み隠さずお話しいたしております」

覚修は慌ててつくろった。

「あ、そうだ。思い出しました。い、以前、浅吉《あさきち》という男の名前を額栄から聞いた覚えがあります。確か、外神田《そとかんだ》の男です。顔を見たことはありませんが」

「浅吉ですね。外神田のどこですか」

「どこの町かまでは、聞いておりません」

「浅吉は、どういうことをやっている男なんですか。額栄さんとは、どういうお知り合いなんで？」

「な、何をやっている男とか、どういう知り合いかとかも……」

「額栄さんの博奕仲間、ですね」

渋井が誘うと、戸惑いつつ、こくりと頷《うなず》いた。

「額栄さんが遊んでいる賭場は、御数寄屋町の治五郎という貸元が縄張りにしている賭場と聞きました。それはご存じでしたか」

覚修はしおれた小声で、「貸元の名前も存じません」とこたえた。

「額栄さんは、山下あたりに馴染みの町芸者がいたらしいんです。馴染みにしている町芸者の名前をお聞きになったことは？」

「あ、ありません……」

「ご存じじゃありませんか。額栄さんの馴染みなら、もしかすると、竜光寺さんの嫁になるかもしれないんですがね」

「嫁に？　と、とんでもありませんよ。町芸者を倅の、よ、嫁になど」

渋井は苛《いら》だちを覚えた。

新寺町の往来を山下に抜け、様々な見世物小屋や表店、多くの人通りで賑わう下谷広小路を御数寄屋町へ折れた。

賭場であれ岡場所であれ、ご禁制の場所である。だが、上からのとり締まりの指図がない限り、町方が賭場や岡場所を一々咎めだてすることはない。そもそも、町方の使う手先は、そういう場所に出入りする者でなければ務《つと》まらなかった。町方はそこら辺を心得て、ご禁制の場所の訊きこみは、なるべく手先にやらせるようにしている。だが、渋井は自分で確かめないと気が済まない性質《たち》である。

だから、《鬼しぶ》と嫌われる。

御数寄屋町の貸元・治五郎の賭場は、昼間から客で賑《にぎ》わっていた。治五郎は、

大柄で分厚い胸の前で太い腕を組み、

「五日前から今日で六日目ね」

と、意外なふうに首をかしげた。

「そうでしたか。額栄さんはうちのいいお客さんです。ここんとこ見かけねえな、とは思っておりました。居どころの心あたりは、ありませんね。もし、余所《よそ》の賭場でもめ事を起こしたとかいう事情なら、間違《まちげ》えなく話が伝わってきますから、それはねえ。額栄さんは、博奕も好きだが女も好きだ。賭場でなけりゃあ、たいてい女ですよ。きっと、どこかの馴染みの女郎のところにでも、居続けしているんじゃねえんですか」

「浅吉という、額栄の知り合いの博奕打ちがいるだろう。浅吉はどういう男だ。浅吉と額栄は、古いつき合いかい」

「浅吉は外神田の柳原大門町《やなぎわらだいもんちょう》の店に、梅蔵《うめぞう》という弟と兄弟で住んでおります。兄弟は相生町《あいおいちょう》の松二郎《まつじろう》というてきやの帳元の配下です。兄弟とも、三度の飯より博奕好きだ。それで額栄さんと気が合ったんでしょう。うちの賭場で顔見知りになったんだと思います。どれほど親しいのかはわかりませんが、三人が近所の呑屋《のみや》でしけた面突き合わせ、怪《あや》しげに呑んでいるところを見かけた、というやつがおりました」

「新発意でも額栄は仏に仕える修行の身だ。どういう恰好《かっこう》で博奕をやっている」

「額栄さんは、普段は饅頭笠《まんじゆうがさ》をかぶって、托鉢修行みてえな恰好ですが、じつは頭を丸めちゃあいねえんです。うちの賭場や界隈の酒場では、墨染めの衣のまま手拭で頬かむりに頭を隠しましてね。それがかえって傍《はた》から見ると、怪しげと言うか滑稽《こつけい》と言うか。あっしらやくざでさえ、大丈夫かい、とはらはらするぐらいで」

「ほう、有髪《うはつ》の僧かい」

「そういうところは、額栄さんはちょいと横着だったかもしれません。坊さんなんだから頭ぐらい丸めりゃいいのに」

「遊ぶ金はどうしている。額栄の金遣いはどうだい。博奕の腕は？」

「金廻りは、ここ半年ばかりは、だいぶよさそうに見えました。親父さんからせしめているんじゃありませんかね。竜光寺は堂前の礼金がたっぷり入っているでしょうし。博奕は好きだが、博才はありません。うちにとってはありがてえ客ですが」

「額栄が自慢げに言いふらしていた馴染みの女がいるな。山下あたりの町芸者だ」

「山下の町芸者？　ああ、山下ならたぶんお徳《とく》のことでしょう。だが、ありゃあだいぶ前の話ですぜ。お徳は今、駒形町《こまがたちょう》の水油仲買商の七郎兵衛《しちろべえ》の世話になって、根岸《ねぎし》の小洒落《こじゃれ》た寮で、お金持ちのお内儀《ないぎ》みてえな暮らしをしているはずです。おい、軍次《ぐんじ》」

治五郎が賭場の若い男を呼んだ。

「おめえ、車坂町《くるまざかちょう》に住んでいた芸者のお徳のことを覚えているだろう。今は駒形町の七郎兵衛に落籍《ひか》されて、根岸にいる」

「覚えておりやすぜ。七郎兵衛さんに落籍されたのは一年前で、仰《おっしゃ》るとおり、根岸の寮で左団扇《ひだりうちわ》でやす。前は道で会うと、あっしらにも愛想がよかったのに、近ごろじゃ、広小路でいき合っても知らんぷりです。おまえら貧乏人と話す気はないよ、みてえにね。お徳がどうかしやしたか」

「ふむ。お金持ちに落籍されたのが、自慢なんだろう。それはいいが、落籍される前のお徳と額栄さんは馴染みだったたな」

「竜光寺の額栄さんと？　そうですそうです。お徳は、竜光寺の大黒《だいこく》になるといっていたぐらいでやすから。ところがあの浮気女、尻の落ち着かねえ額栄さんから、七郎兵衛さんのお金に目がくらんで乗り換えたんですよ」

「根岸にうつったあと、お徳と額栄さんの仲はきれたのかい」

「それが、案外そうでもねえんで。一ときはきれていたのが、半年ばかり前、額栄さんが七郎兵衛さんのこねえときを狙って根岸の寮を訪ね、それ以来、よりが戻ったとか。寮で雇われている下女の話でやすから、間違いねえでしょう。托鉢の形《なり》なら根岸をうろついても怪しまれねえし、放蕩息子でも額栄さんは門前に堂前を抱える竜光寺の跡継ぎだ。お徳にすれば、七郎兵衛さんに知られねえようによりを戻しても、損はねえ。二人の人目を忍ぶ仲は、今も続いているはずですぜ」

「なるほど。寮は根岸のどこら辺だね」

渋井は軍次に訊ねた。

「西蔵院《さいぞういん》の土塀に沿って西へ……」

四半刻後、山下の往来を北へとり、下谷坂本町《さかもと》から根岸へ向かった。助弥には、浅吉と梅蔵兄弟の訊きこみにあたらせ、中間《ちゅうげん》の平八《へいはち》を従えた。

「浅吉と梅蔵に心あたりはなくとも、ほかにも額栄の知り合いが訊き出せたら、そっちのほうもあたってくれ」

と、助弥とは下谷の広小路で別れた。

根岸は、花に啼《な》く鶯《うぐいす》、水に住む蛙《かえる》、その声はひと節あって……と江戸の士民にその風情《ふぜい》が近ごろ評判の里である。まだ日の高い午後、豊嶋郡金杉村《かなすぎむら》の石神井用水に沿って、商家の寮や文人の隠れ住む家々が、木だちの間に瀟洒《しょうしゃ》な佇《たたず》まいを見せていた。托鉢の若い修行僧が、寮に囲われた女と重ねるわりない逢《あ》い引きもまた、根岸の里では幽趣《ゆうしゅ》に感じられるから、不思議だった。

お徳は、脂粉の香りとねっとりとした紅が誘うような、男好きのする若年増だった。石神井川を庭ごしに見おろす部屋の、縁側のそばにしどけなく坐《すわ》り、町方の渋井に、額栄との仲をあれこれ訊かれ、「はい」とか、「いいえ」とか、首を左右にしたり頷いたり、つまらなそうにしぶしぶとこたえた。

妾は妾という奉公人であり、雇い人に隠れて密通すれば不義密通になる。お徳は言いしぶっていたが、渋井に、額栄の父親の訴えを受けて額栄の行方を探しいると言われ、白《しら》をきることはできなかった。

「この前が二十三日でしたから、数えてみたら、今日でもう六日目になります。額栄さんがこんなにこなかったのは、初めてです。一日か二日、長くても三日おいたら必ずきてたんですけど、何があったのかしら」

「駒形町の七郎兵衛さんは、いつくるんだ」

「毎月、二日と十二日と二十二日の決まって三度だけ。朝の四ツ（午前十時頃）ごろきて、昼の八ツ（午後二時頃）にはさっさと帰っていかれます。おかみさんがうるさいらしくて。あとはずうっとひとり。話し相手は下女のお留《とめ》だけなんです。けど、お留じゃ話が合わなくて。西尾久村の田舎育ちだし」

「しかし、月にたった三日のお務めで手あてがもらえ、この暮らしができるんだから、上等じゃねえか」

「だって、一日中、こんな田舎の同じ景色ばっかり眺めていたら、退屈で退屈で頭が変になりそうなんですもの。朝は鳥の声がうるさくて寝てられないし。こんなことなら、妾奉公なんかせずに芸者で稼いでいたほうがよかったって、悔《くや》みましたよ」

「そこへ、芸者のころの馴染みだった額栄が現れ、退屈しのぎによりを戻したわけだ」

「退屈しのぎになんて、人聞きの悪い。懐《なつ》かしかったんですよ、昔が。渋井さま、このとおり、お願いですから、ここだけの話にしてくださいね」

　お徳は艶《なま》めかしく身体をくねらせ、渋井へ掌《てのひら》を合わせた。それから甘えかかるように腕をのばして、渋井の掌に白い紙包みをにぎらせた。退屈で頭が変になりそうでも、暇《ひま》を出されるのは困るらしい。

「おめえが誰と何をしようと、知ったこっちゃねえ。詮索《せんさく》する気もねえ。こっちは額栄の行方がわかりゃあいいんだ。五日前、額栄がきたときの様子を聞かせてくれ」

「二十三日に、くると思ってました。二十二日は旦那がくる日だからきちゃ駄目よって念押ししていますので、たいてい、旦那がきた翌日はくるんです。二十三日の夕刻の七ッ（午後四時頃）ごろにきて、四ッ（午後十時頃）前に帰りました。いつもそうなんです。泊まってはいきません。どんなに遅くなっても帰らなきゃあ、親父とお袋が心配するからと言うんです。でも、本当は賭場にいくんですよ。夜明けまで賭場で遊んで。お寺になんて、帰りゃしません」

「夜の四ツか。夜道は物騒だな。額栄がここを出てから、人の喚《わめ》き声とか、普段とは変わった物音とかは聞こえなかったかい」

「ここは、鳥の声とか虫の声とか、蛙の鳴き声とか、時どきは遠くで犬の鳴き声が聞こえるぐらいなんです。人の声も普段と変わった音も、何もありません。あの夜は、遠くで犬が鳴いていました。それぐらいですかね。それと、額栄さんは小提灯《こぢょうちん》を必ず用意しています。夜中に平気でほっつき歩く人ですから。御仏に仕える僧侶を襲う罰《ばち》あたりな追剝《おいは》ぎなんていやしないさって言って」

「その日は、どんな話をした。誰か、人に会うとか、名前とか、言ってなかったか」

「誰の名前も。別に変わったことも、ありませんでしたし……」

お徳は紅の艶《つや》やかな唇を尖らせ、西日の射す川面を見やって言いわけがましく言った。

「あ、そうだった。少しだけ、言い合いをしました。いえね、半年ほど前、額栄さんにお金を貸したんです。五両。あてがあるのですぐかえせる。頼むと手を合わされて、よりが戻ったばかりだったし、断れなくて。半年たつので、いつかえしてくれるのって、軽い気持ちで訊いたんです。そしたらちょっと不機嫌になって、催促されなかったので忘れていた、先だってまで金はあったが使ってしまった、今度稼いだらかえすって。五両は大金ですから、今度っていつって念を押したら、今度は今度だ、証文を渡しているから間違いないだろう、と叱られました」

「ほう、五両を。証文があるのかい」

お徳はまた唇を尖らせ、頷いた。渋井は、どうせ博奕の金だな、と思った。だが、

「証文を見せてくれ」

と言った。お徳は、部屋を出てすぐに三つに折った証文を手にして戻ってきた。証文を開くと、預かり証、と初めに記した乱雑な文字が読めた。内容は、お徳から五両を預かり、三月以内に利息をつけて返済する旨を記したもので、去年の日づけと、額栄の名に爪印《つめいん》が押してあった。そのとき、
はて？

と、渋井はなぜか、妙な引っかかりを覚えた。わけのわからない胸騒ぎに捉えられ、証文を睨《にら》んでしきりに首をひねった。

「渋井さま、何か？」

お徳が不安げに訊いた。

「これは、額栄が書いたのかい」

「はい。あたしの目の前ですらすらと」

「今度稼いだらって言ったんだな。何をやって稼ぐんだ」

「額栄さんが稼ぐなら、博奕しかないんじゃないですか。本気で托鉢修行なんかする人じゃありませんし」

「貸したのは五両だけか」

「そうです。そのあとから、金廻りがずいぶんよくなっていたように見えましたね。あたしはそのうちかえしてくれるだろうと、気に留めていなかったんです」

「五両を貸したあとから、金廻りがよくなったのかい。それは、博奕で稼いだと言っていたかい」

「そうじゃないんですか。訊きませんでしたけど」

博奕は好きだが、博才はありやせん、と治五郎は言っていた。額栄が博奕に使う金は、親からせしめるほかないはずだ。しかし、何が引っかかるのかわからなかった。

ぼんやりと、そんな気が兆《きざ》しただけだった。

五

渋井の引っかかりが解けたのは、同じ日の夜だった。江戸市中が寝静まった真夜中、地蔵《じぞう》橋に近い八丁堀北島町《きたじまちよう》の組屋敷の表戸を、中間の平八が音高く叩いた。

「渋井さま、奉行所よりのお指図です。渋井さま、渋井さま……」

平八の声と板戸を激しく叩く音が、夜の静寂を不穏に破った。渋井は布団から跳ね起きた。女房のお藤《ふじ》もすでに起き出し、

「あなた、お奉行所からですよ」

と、親子三人、川の字になって寝ているこの春六歳になった倅の良一郎《りよういちろう》の、寝相をなおしながら言った。

「平八だ。なんだろう?」

手燭《てしよく》をかざして表へいくと、菅笠《すげがさ》をかぶった平八は挟み箱をかつぎ、御用提灯を携え、出かける支度を調えていた。

「渋井さま、額栄の死体が出ました。豊嶋郡の町屋村の浄念寺です。先ほど御番所に届けが入り、当番与力の渡辺《わたなべ》さまより、渋井さまに検視《けんし》に向かえとのお指図でございます。寺社奉行には、御番所からも検視役を向かわせると、知らせを出されておられます」

「浄念寺の場所はわかるか」

「町屋村から下尾久村へ向かう途中の隅田川端です。助弥さんには、浄念寺の場所を小者に知らせにいかせました」

「上等だ。すぐ支度する。入って待ってろ。お藤、出かける。支度だ……」

八丁堀から町屋村の隅田川端の浄念寺まで、およそ一刻余。平八を従え暗い夜道を急ぎ、丑《うし》の刻《こく》の八ツ（午前二時頃）すぎ、夜の闇の中に黒い流れを横たえた隅田川端の浄念寺に着いたときは、白衣の下にたっぷりと汗をかいていた。

寺の様子は暗くてわからなかった。だが、山門の門扉の蝶番がはずれかしいでいる様が、荒れ果てた廃寺を思わせた。境内は静まり、人の気配がなかった。ただ、本堂らしき正面の黒い影の片側に、薄《うっす》らと明かりがもれ出ていた。

平八が提灯をかざした。

「明かりが見えます。あちらへ」

本堂のわきへ廻ると、竹藪が繁《しげ》った奥に幾つかの提灯の明かりと人影がたむろし、御堂が提灯の明かりに照らされていた。竹藪の間を細道が御堂へ通っていた。人影の低い話し声が、怪しげな密儀の呪文のように聞こえた。御堂の格子戸が両開きに開け放たれ、中に提灯を手にした村人が二人見えた。二人は、額栄と思われる亡骸にかぶせた筵《むしろ》莫蓙《ござ》の傍らでひそひそと声をかわしていた。

人影が細道の枯草に雪駄《せった》を鳴らした渋井に気づき、口々に、お役目ご苦労さまでございます、畏れ入ります、などと声をかけてきた。

「北御番所の渋井さまです」

平八が言うと、御堂の二人が板階段を軋ませ、渋井の前へきた。

「名主の平左衛門《へいざえもん》でございます。ここにいる者はみな町屋村の者でございます。仏さまはあちらでございます。寺社奉行さまのほうからは、検視のお役人さまはまだお見えではございません」

名主に導かれて御堂へ入った途端、それまで夜露に濡《ぬ》れた草の臭いと思っていた激しい腐乱臭が、渋井を襲った。平八が後ろで、うっ、とうなった。

「だいぶ日がたっております。わたしどもこの臭いでわかったのでございます。ここに御堂があることさえ忘れておりました。じつは、仏はこの梁に首を吊ってぶらさがっておりました。亡骸の臭いと、有髪ですが墨染めの衣を着ておりますので僧と思われ、吊るされたままにしておくのは畏れ多く、梁からはおろしました。ですが、それ以外はいっさい触れておりません。縄尻はあそこにぐるぐる巻きにしてとめてございました」

名主は、筵莫蓙から屋根裏へ蛇のようにのび、屋根裏の梁にひとからまりして板床へ落ち、とぐろを巻いている余った太い荒縄を指差した。板床の一枚が半ばほどで毀《こわ》れ、床下に生えた草が顔をのぞかせていた。床を支える根太が剝《む》き出しになっていて、縄尻はそこに巻きつけられていたらしい。

とぐろを巻いた縄と板床の毀れた間に、足継ぎの踏み台が横になって倒れていた。

「仏はあの踏み台に乗って首に縄をかけられてから、足継ぎがとり払われたと思われます」

「とり払われた？　自分で首を吊ったんじゃねえのかい」

「違います。仏をご覧になればわかります」

渋井は朱房《しゆぶさ》の十手《じつて》を抜き、平八に目配《めくば》せした。平八は手拭で覆面をし、筵莚をとり払った。腐乱の臭いが巻きあがるかのように、堂内にあふれた。平八は覆面の下の眉間《みけん》をしかめたが、渋井は唇を少し歪めただけで、平然と亡骸を見おろした。

額栄は、梁に吊るされていたところから板床へ落ちたままに、ぐにゃりと潰れて横向きに転がっていた。木偶《でく》のような顔つきで、白目を剝き、人の顔には見えなかった。臭いがなければ気味悪さはむしろなかった。首に巻きつけられた縄がゆるんでいて、長い間ぶらさがっている間に隙間《すきま》ができたのだろう。首に縄の跡がどす黒く残っていた。肩に届く有髪を、ふり分けのように垂らしていた。前髪の間から額、頬、顎へと垂れた血の筋が黒く残っていた。その顎にも、黒ずんだ染みがあった。どっちが先かは知れないが、鈍器のような得物で、頭にひとつ、顎にひとつ、疵跡《きずあと》と打擲の跡が残っていた。

渋井は亡骸の背中へ廻った。亡骸の両腕はこれも荒縄で後手に縛《いまし》められていた。縛られた手首にも、鬱血《うっけつ》した無残な黒い跡が見えた。

なるほど、これじゃあ自分で首は吊れねえな、とため息が出た。

「ひでえ目に合わされたな。追剝ぎ強盗の類ならこんな手間はかけねえ。だいぶ恨みを買ったんだ。平八、仰向《あおむ》けに寝かすぜ」

「へ、へえ」

渋井は十手を口に咥《くわ》え、今にも腐乱した肉が崩れそうな亡骸をゆっくり動かし、平八が覆面の下で荒い息を吐きながら、渋井と向かい合って手伝った。亡骸は白衣に墨染めの衣をまとった修行僧の扮装《ふんそう》で、白の脚絆《きゃはん》に白足袋草鞋《しろたびわらじ》。肩から頭陀《ずだ》袋《ぶくろ》を提《さ》げている。

「あっ。渋井さま、これを……」

平八がくぐもった声で言い、指差した。

「どうした？」

指差した場所を見ると、横向きに倒れて下になっていた右袖がずたずたに破れ、黒ずんだ血の跡が染みになっていた。そして、亡骸の二の腕に、明らかに何かに咬《か》みつかれて皮のえぐれた疵があった。板床には、血のしたたった跡が散っていた。

「平左衛門さん、これは？」

「それは、お加代《かよ》の飼い犬が咬みついたのでございましょう」

と、隣の男が言った。

「この者は村役人の字兵衛《じへえ》でございます。浄念寺の世話を任せておりました。字兵衛がこの亡骸を、見つけたのでございます」

「お加代の飼い犬とはなんだい？　それから、浄念寺の住持はどこにいる」

「浄念寺は住持がおりません」

「住持がいねえ？　ということは廃寺か」

「と申しますか、少々わけがあって、住持がいなかったのでございますが……」

「わかった。事情がありそうだな。あとで訊く。ところで、あれは仏と一緒にここに残っていた物かい」

渋井は、御堂の板壁にたてかけた連尺《れんじやく》を顎で差した。連尺の隣に畚《もつこ》と半ば破れた饅頭笠が重ねてあり、水桶《みずおけ》と柄杓《ひしやく》が並んでいるのが気になっていた。床には燃えて小さくなった一本の蠟燭《ろうそく》が、ぽつんと残っていた。

「さようでございます。仏をおろした以外は触っておりません。そうだな、字兵衛」

字兵衛が「へえ」と頷いた。

「平八、明かりを」

平八の提灯が、堂内の一角を照らした。

連尺は、麻の荷縄が垢《あか》じみた使い古した物だった。隣の畚に重ねた饅頭笠は、くだかれたように破れ、少し血がついていた。さらに畚は空だが、中が黒く汚れていた。明らかに古い血の跡だった。

「渋井さま、血ではありませんか……」

「そうだ。かなりの量だ。そうか。額栄を襲い、畚に隠して連尺でかついで、ここへ運んできたってわけか」

「ええっ?」

「おそらく、額栄が襲われたのは、根岸あたりの人通りのないどっかの道でだ。こいつは間違いなく、相当腕っ節の強い賊《ぞく》の仕業だぜ」

「じゃあ、あの夜、額栄がお徳の寮を出た戻り道の……」

頭陀袋の中には、わずかな銀貨や銭、念珠や経本などのほかに、めぼしい物は入っていなかった。

「ふむ。よかろう。莫蓙をかぶせろ」

と、平八に命じ、平左衛門へ向いた。


「浄念寺は箕輪の浄閑寺《じょうかんじ》の末寺でございましたが、かれこれ十年ばかり前に住持が亡くなられて、あとを継がれる住持が決まりませんでした。と申しますのも、浄念寺は町屋村からも隣の下尾久村からもだいぶ離れており、近在の者で浄念寺を檀那寺《だんなでら》にしている者は、昔から少う《すくの》ございました。次の住持がなかなか決まらなかったものですから、檀家も同じ宗旨の別の檀那寺に替え、先祖の墓も移したのでございます。そのため、空き寺となっており、このままにはしておけねえなと、みなで相談していたところ、七年前、素性の知れぬ老いた雲水《うんすい》が勝手に住みついたのでございます。

村の者が気づきましたのは、雲水が近在の村々で托鉢の廻行をしておるのをしばしば見かけたからでございます。寺は荒れ果てるばかりでございましたし、老いた雲水も憐《あわ》れでございました。不穏の者には見えず、ならば浄閑寺さまがどうかなさるまではと、わたしどもも放っておいたのでございます。名は照善《しようぜん》さんと聞いております。

ところが、一年ぐらい前から照善さんの足腰が弱り、起きられなくなっているのがわかったのでございます。そうなりますと、いくら勝手に住みついたとは言え、放っておくわけにはいかず、村の者が交替で照善さんの世話をいたしてきたのでございます。ですが、交替に世話をしておりましてもそれぞれの百姓仕事の障りになるようなやっかいな事もありましたので、村役人で相談し、照善さんの身の廻りを世話する者を雇おうということにしたのでございます。

年が明けてから、箕輪町の口入屋の佐田右衛門《さだえもん》さんのところへ申し入れ、お加代がきたのは、一月の半ばをすぎたころでございました。年は三十代の終わりごろか四十代の半ばまではいかないと思われます。化粧の濃い、昔は下谷の広小路で水商売をしていたらしい、わけありふうの年増でございました。

ただ、そういう筋の女にしては珍しく、犬を連れておりましてね。黒い毛並みに褐色の斑模様が入った、精悍《せいかん》な甲斐犬でございました。わたしが頭をなでようと手を出しますと、恐ろしげにうなり出しましてね。お加代が、おやめ、と叱りつけ、甲斐犬は気が荒くてあぶのうございますので、決して手をお出しになりませんように、と笑っていたのを覚えております。拾ったばかりなので名前はないと言っておりましたが、名もない犬がお加代に大変なついて、お加代の命ずるまま忠実に従うものですから、感心いたしました。お加代がきてから、夜更けにここから離れた町屋村まで犬の長吠えが小さく聞こえ、ああ、あれはお加代の、と思ったものでございます。

お加代は働き者でございました。字兵衛が申しますには、照善さんの食べることから下の世話まで甲斐《かい》がいしくやり、荒れ放題になっていた境内の草むしりなどもして、まずはよい人がきてくれた、わたしどもも寺の門扉や崩れた土塀ぐらいは修繕しようか、と思っていた矢先の今月三月、照善さんの具合がいっそう悪くなり、この半ば、静かに眠るように亡くなられました。お加代は、寺にきてわずか二ヵ月足らずながら、泣き濡れておりました。

浄閑寺からお坊さまにきていただき、ひっそりと葬儀を済ませて無縁仏として葬ったのでございますが、埋葬が済んだあと、お加代が申しますには、自分は身寄りのない者ゆえ、新しく奉公先を探さねばならず、決して長くはかからぬので、奉公先がみつかるまでこの寺で寝泊まりを許してほしいとのことでございました。わたしどももお加代を気の毒に思い、こんなところでも雨露をしのぐことはできる、気に入った奉公先が見つかるまでいても差しつかえないと許したのでございます。宇兵衛、お加代がいついなくなったのかは、わからないのだな」

「へえ。四、五日前ごろから、お加代の犬の鳴き声が聞こえなくなり、そう言えば、犬の長吠えが聞こえねえなと思い、昨日の夕刻、野良仕事を終えて、見にきたのでございます。お加代も犬も見えませんので、黙っていなくなったのか、せめてひと言ぐらい言っていけばいいのに、と思いつつ境内を見廻っておりましたら、この御堂から妙な臭いがしてきたのでございます。わたしがお加代を見たのは、照善さんの葬儀が済んだ翌日、犬を連れて野道を山下のほうへゆく姿が最後でございました。ちょっと色っぽい形をしており、また水商売でも始めるのかなと、勝手に思っておりました。お加代が寺に戻っているのは、暗くなってから犬の鳴き声が遠くに聞こえてきたので、知れました」

「仏が額栄という江戸の竜光寺の修行僧らしいと知れましたのは、去年の夏ごろ、町屋村から豊嶋村のほうを廻行なさっているのを見かけた者が幾人かいたのでございます。仏とお加代のかかわりはいっさい存じません。しかしながら、ここで仏が見つかり、お加代しか寺にいなかったとなれば、お加代が深いかかわりがあったことは間違いございません。それで、寺社奉行さまのみならず、町奉行所にもお届けしておくべきと考え、使いを出した次第でございます」

寺社奉行の掛の者らが到着してから、渋井は遅れてきた助弥と挟み箱をかついだ平八を従え、浄念寺を出た。箕輪町の口入屋・佐田右衛門の話を訊きにいくのに、遠廻りでも根岸をへて箕輪町へ向かうつもりだった。

夜はまだ明けていなかったが、一番鶏《いちばんどり》はすでに啼《な》き、野道の傍らの用水路で、蛙の鳴き声が聞こえていた。根岸まできたころ、ようやく東の空が白み始めた。隅田川端の浄念寺から根岸まで、田野の道をゆっくりたどって半刻ほどだった。

石神井用水端をゆきながら、川向こうのまだ暗い根岸や、御山の鬱蒼《うっそう》と木々の繁る影を見やりつつ助弥と平八に言った。

「額栄は二十三日の夜、お徳の寮を出てから、この根岸のどこかで賊に襲われた。始めに犬に二の腕に咬みつかれ、饅頭笠の上から一撃を受け、よろけたところを顎にもう一発を喰らった。もしかしたら、顎が先で、犬に咬みつかれたのも賊と争っている最中かもしれねえがな。賊の得物は相当ごつい何かだ。額栄は頭を割られ、気を失って倒れた。賊は額栄の手足を縛り、おそらく猿轡《さるぐつわ》を嚙《か》まして畚に入れた。畚を連尺にくくりつけ、たぶん、どっこいしょ、とかついだ。それから」

と、渋井は北へ手刀をかざした。

「隅田川端の浄念寺へ運んだ。真夜中の闇に包まれた野道をだ。誰にも出会わなかっただろうし、おそらく、賊は根岸から浄念寺までの道程を調べていた。お加代は小柄で、四十前後から四十代半ばごろの大年増だ。額栄は、五尺《しゃく》六寸《すん》（約一七〇センチ）以上あり、お加代よりはるかにでかい。お加代だけで額栄をかつぎ、浄念寺まで運べるかね。おめえらはどう思う」

「旦那、四十をすぎて子を産む女もおりやす。存外力のある女はいますぜ。四十ぐらいならあっしはできると思いやす」

「お加代ひとりじゃ、生臭坊主でも自分よりでかい男をぶちのめして運ぶのは、むずかしいんじゃありませんか。ほかにも仲間がいたんじゃないんですかね」

「そうか。できねえわけじゃねえが、女ひとりだと、やる前に尻ごみするかもな」

「そうですよ。襲ったほうが逆にかえり討ちに合うかもしれないんですよ」

助弥と平八が言い合った。

「ふむ、謎の女お加代とその仲間と、甲斐犬一匹か」

渋井は物思わしげに呟《つぶや》いた。

根岸から下谷坂本町の往来に出た。箕輪町の口入屋の佐田右衛門は起きたばかりで、朝風呂に出かける前だった。

「あの仕事は、寝たきりの年寄りの坊さんの世話を、ぼろ寺に住みこんでやるんですからね。それに大した給金でもありません。請《う》ける者がいなくて、こりゃあ無理だな、と思っておりました。仕事を請けるのは爺《じい》さんでも婆さんでも、かまわねえんですが、寝たきりが相手だと相当の力仕事になるんで、生半可《なまはんか》な気持じゃあできねえんですよ。そしたら、白粉《おしろい》を塗りたくった小柄な年増が、やらせてくれと言ったんで、驚きました。それがお加代です。小料理屋の女将《おかみ》が似合いそうな、ちょいと色っぽい女に見えましたね。できるかいって確かめたら、できますと言うので。給金は三月分を前払いにし、仕事が続けばまたそのときに、というとり決めで……」

佐田右衛門は棚の分厚い台帳をとり出し、はらりはらりと紙面をくった。

「あ、これですね。前は竜光寺門前の原治の店の端女《はしため》奉公をやっておりましたね。歳は三十九と本人は言っておりましたが、わたしには四十二、三に見えましたね……」

佐田右衛門の店を出て、箕輪から新堀川の堂前へ向かう途中の入谷《いりや》の田んぼ道で、助弥と平助がまた言った。

「旦那、するってえとお加代という女は、竜光寺の額栄と、近所の顔見知りだったかもしれねえんでやすね」

「もしかしたら、原治の店で端女をする前は堂前の女郎で、額栄はこっそり馴染みになっていたのではないでしょうか。馴染みだったときに、何かお加代の恨みを買うような事をやったとか。額栄は仏に仕えるふりをして、女にだらしない男ですからね」

「けど、額栄は二十三歳だろう。お加代は本人が言う三十九歳だとしても、十六歳も歳上だぜ。そういう女と馴染みになるかね」

「それはわからないよ。男と女の仲は傍からは推《お》し量れないものだ。きっと、そのときの恨みをはらすために、お加代は額栄を襲ったんですよ。金のからみか、情のからんだ恨みかはわからないけれど」

ところが、堂前の原治に、お加代と言う端女は雇われていなかった。そもそも、お加代と言う名の四十前後から四十代半ばの歳ごろの使用人は、今もかつても居たことがなかった。原治の使用人のみならず、堂前の女郎の中にもである。

お加代らしき女の心あたりを、原治は首をかしげて考えこんだ。原治はまだ、額栄の死を知らなかったが、昨日に続いて今日はお加代という女の訊きこみにきた渋井に不審を隠さず、意外な話をした。

「お加代という女は知っておりやす。歳は四十四でやす。名前が同じと言うだけで、額栄さんの行方知れずの一件とかかわりがあるとは思えやせんが、心あたりをしいて探せば、そのお加代しか思いあたりません。竜光寺住持の覚修さんのおかみさんが、お加代でやす。つまり、行方知れずの額栄さんのおっ母さんがお加代でやす」

お加代は竜光寺住持・覚修の大黒、すなわち女房で、覚修の女房になる前は吉原の角町《すみちょう》の半籬《はんまがき》の遊女だった。覚修に身請けされ女房になったのが二十歳で、二十二のときに額栄を産んだ。覚修はお加代の前をはばかってあまり表には出したがらなかった。けれど、

「堂前じゃ、口にこそ出しやせんがみな知っていることでやす」

と、原治は訝しげな目を寄こした。

渋井は意外に思う以上に、額栄殺しにからんだ浄念寺の女の、お加代という名が気に障《さわ》った。

浄念寺の女と額栄の母親が、偶然同じ名の同じ歳ごろの女だった。あり得ないことではない。だとしても、浄念寺の女が額栄の母親のお加代と名乗ったことが妙にわざとらしく、恨みがましく感じられた。

三人は堂前を出て、往来の先の竜光寺へゆく前に、門前の蕎麦屋《そばや》で蕎麦を食った。もう朝の五ツ半（午前九時頃）だった。真夜中から動き廻って、背中と腹の皮がくっつきそうなほど腹が減っていた。ふうふう言いながら蕎麦を平らげ、もう一杯頼んだところで渋井が言った。

「助弥、浅吉と梅蔵の兄弟と額栄のつながりで、額栄がこうなった成りゆきを考慮したうえで、何か感ずるところはねえか」

「感ずるところ？　と言いやすと」

「おまえの感ずるところでいいのさ。平八、おめえの感ずるところでもいいんだぜ」

助弥と平八が渋井を見守った。

「例えばだ。去年の冬から今年の初めにかけて、年寄り相手の五件の騙りがあった。今年の初めの一件では、蓄えを失った年寄りが首を吊った。額栄みてえにだ。もっとも、額栄は吊るされたんだがな。騙りの一味は三人。たぶん、遊ぶ金欲しさに年寄りなら騙《だま》せるだろうとたくらんだ。もしも、額栄がその一味だったとしたらだ」

「えっ。だ、旦那、それって、もしかしたら浅吉と梅蔵の三人で騙りを？」

「渋井さま、何かお心あたりが？」

「今のところは何もねえ。額栄殺しには、深い恨みがこめられている。深い恨みがなけりゃあ、あんな殺し方はしねえ。額栄は、どんな恨みを買うようなことをやったかだ」

「けど、もしも騙りが額栄の仕業で、その恨みで殺されたとしたら、相手はみな年寄りですぜ。年寄りにできやすか」

「額栄の仕業とわかりゃあ、自分で手を出さなくたってかまわねえだろう。できるやつに頼む手だって考えられる」

「す、すると、お加代と言う女は殺しを請け負った……」

「だとしたら、おかしいか？　おれもおかしいと思う。額栄が騙りの一味だとわかったなら、なぜ御番所に届けねえ。確かな証拠がありゃあ、人に頼まなくとも御番所が打ち首にするだろう。金だって、少しはとり戻せるかもしれねえ。じゃあ、確かな証拠がなかったのかもな。今のおれみてえに。だから、今はただ感ずるところ、なのさ」

助弥が、ごくん、と蕎麦汁を呑みこんだ。

「助弥、おめえはこれから柳原の大門町へいって、浅吉と梅蔵兄弟を探りなおしてくれるかい。何を探りなおすかというとだな、これまでの騙りがあった日の兄弟の足どりを、洗いなおすんだ。浅吉と梅蔵の足どりを洗えば、額栄とのかかりだけじゃなく、騙りの一件とのつながりが、どっかで見つかるかもしれねえぜ」

「承知しやした、旦那。そう言やあ、額栄のいき先を訊いただけなのに、妙に用心しているふうで、気になっておりやした」

「ただし、兄弟が一味と決まったわけじゃねえ。そこら辺は慎重にな。ほかに額栄とからんでいそうな野郎がいたら、かまわねえから調べろ。報告はあとでいい。おれと平八は竜光寺へいく。たぶん、額栄の顚末《てんまつ》はまだ知らねえだろう。それと、覚修にちょいと借りてえものもある」

「何を借りるんです？」

「大人の手習帳さ」

「手習帳？」

助弥と平八が、そろって首をひねった。

渋井は、けたけたと笑った。

六

四月に入って間もなく、前年の冬から年の明けた春の初めにかけて、年寄りの蓄えを狙って五件続いた騙りの一件の始末がついた。一味は、新堀川の竜光寺住持・覚修の倅で、竜光寺の新発意・額栄。てきやの帳元・松二郎配下の、柳原大門町の浅吉と梅蔵兄弟の三人である。三人は下谷御数寄屋町の貸元・治五郎の賭場で知り合った仲間で、遊び金ほしさに騙りをくわだてた。

足がついたのは、三人が年寄りを騙った折り、相手を信用させるために差し出した金の預かり証の手跡だった。額栄は、騙りを始める前、馴染みの根岸のお徳に金を借り、預かり証、と記した証文をお徳に渡した。額栄が金をかえさなかったので、お徳は証文をずっと持っていた。

渋井は騙りの一件の掛ではなかった。しかし、廻り方はみな一味が残した手がかりである預かり証を頭に入れ、目を光らせているようにと、お奉行の指図を受けていた。

たまたま、お徳に渡した額栄の証文を見た渋井は、初めは、はて？　と気になっただけだった。証文の手跡が、頭の隅《すみ》に残っていた騙り一味の字に似ている気がし始めたのは、額栄が無残に殺されたことがわかってからだった。

額栄が修行のために書き残した写経の手跡やお徳に渡した証文の字が、騙り一味の残した預かり証の手跡と似ている、同じ者の手跡に相違ないと町方は断定した。さらに、助弥が柳原大門町のてきやの浅吉梅蔵兄弟の足どりを調べあげ、騙りの一味にきわめて疑わしいとわかって、町方は浅吉梅蔵兄弟の捕縛に踏みきった。

店の周辺を捕り方に囲まれ、浅吉と梅蔵はどすをふりかざし、激しく抵抗を試みた。兄弟は屋根伝いに北と南に分かれて逃げ、浅吉は御徒町《おかちまち》の往来で界隈の御家人らに囲まれ、捕えられた。梅蔵は佐久間町《さくまちょう》へ逃げ、河岸《かし》通りから神田川へ飛びこんだが、これも材木問屋の人足らの袋叩きに合い、ぐったりとなったところを捕えられた。兄弟は大番屋にしょっぴかれ、激しく責められた挙句《あげく》、自分ら兄弟が狙う年寄りを調べあげ、それに基づき額栄が騙りの筋書きをたて、役割を決め、などと洗いざらい白状した。

殊《こと》に、聖天横町の政吉を騙った一件では、偶然、少々惚《ぼ》け始めた政吉を浅草寺でてきやの仕事の折りに見かけ、こういう年寄りなら騙りやすいだろうと、下調べをして狙うことに決めた。まさかあの年寄りが、首をくるとは思わなかった、とすっかり観念して自白したのだった。

何日かがたった四月上旬の午後だった。

渋井は手先の助弥と中間の平八を従え、聖天町の往来を、のどかに歩んでいた。夏になり絽《ろ》の黒羽織に下は単衣《ひとえ》の白衣に替えたが、まだうだる夏の暑さというほどではない。

北新町へ折れ、遍照院《へんじょういん》の手前で聖天横町の小路から文八郎店の路地に入り、三人の雪駄が路地のどぶ板を鳴らした。路地では、手習所から戻ってきた子供らが賑《にぎ》やかに走り廻り、どこかで犬も吠えていた。

一軒の表戸の前にきて、「ここでやす」と、助弥が腰高障子をすっと開けた。

「ごめんよ。お久さんはいるかい。ちょいと御用がある。お久さん、顔を出してくれるかい。ごめんよ。お久さん……」

と、薄暗い土間に声をかけた。

お久は出てこなかったが、店の裏手のほうで薪《まき》を割る音が聞こえていた。犬が吠えているのも、その裏手のほうだった。

「犬か。裏へ廻ってみよう」

渋井は先にたった。

隣家との境の狭い軒下を通り抜けると、裏手は少し広くなっていて、勝手口のそばで襷《たすき》がけの女が斧《おの》をふるっていた。女は裏手に廻った渋井らに背中を向けた恰好で、力強く斧をふり落とし、太い薪を真っ二つにした。真っ二つになった薪は、からん、と薪割台から転がり落ちた。「おっと」と、助弥が声をもらした。

黒い毛に覆われ、胴体に褐色の斑模様のある犬が、少し離れたところから渋井らを睨み、うう、とうなった。それでお久はふりかえって、渋井らに気づいた。

黒犬が、渋井を見据えて激しく吠えた。

「おやめ」

お久が叱り、黒犬は大人しくなった。

「これは、お役人さま。気づきませんで、相済まぬことでございます」

はあはあ、と急に丸めた肩をゆすって荒い息を吐き、重そうに斧をおろした。

「表から声をかけたが、返事がなかったんでね。お久さんだね」薪を割る音とそいつの声が聞こえたから、勝手に入らせてもらった。

「さようでございます。このごろは、耳は聞こえず、目は見えなくなり、腰も曲がってまいりまして、情けないことでございます」

「そうでもねえぜ。元気じゃねえか」

「いえいえ。もう六十五でございます。間もなく、お迎えのくる歳ごろでございます」

「六十五には見えねえな。薪を割っていた後ろ姿は、三十代に見えたぜ」

「まあ、おからかいになって。薪割りは亭主の仕事でございました。もうおりませんのでためしにやってみましたが、この斧を持ちあげるのも、やっとで」

しかし、すでにかなりの薪を割っていて、薪割台のそばに積み重ねてある。恥ずかしそうに笑った唇の間に鉄漿《おはぐろ》が見えた。

「ご亭主の政吉さんは、気の毒だった」

「いたし方ございません。それが政吉の、定めでございましたのでしょう」

「あいつは、お久さんの飼い犬かい」

渋井は黒犬を見やった。

「はい。亭主が、隠居を始めたときに、知り合いからもらってきまして。亭主の言うことしか聞かず、亭主がいなくなって、自分がここの亭主みたいに偉そうにして、餌をやるときだけ大人しくしております」

「甲斐犬だな。甲斐犬は熊や猪《いのしし》を相手に戦う猟犬だ。柴犬より身体もでかく獰猛《どうもう》だ」

「まあ、そうなんでございますか。存じませんでした」

犬がお久の足下にきて、甘えるようにすり寄った。お久は犬の頭をなでた。

「年寄りが飼うのはやっかいでございますが、捨てるわけにもまいりませんし……」

「名前はないのかい」

「虎のとら、でございます。亭主がつけた名でございます」

「虎のとらかい。黒い毛に交じった褐色の模様が獣の虎を思わせる。強そうだ」

お久に頭をなでられ、大人しくしているとらを見おろしながら、渋井は、「で、御用の件なんだがな」ときり出した。

「例の騙りの一味が捕まった経緯《いきさつ》は、聞いているな。今月中に一味の詮議《せんぎ》が始まる。詮議をつつがなく進めるため、騙りに合った五軒を廻って、一味の手口を改めて確かめているところさ。お久さんで五軒目だ」

「さようでございましたか。ご苦労さまでございます。ここは勝手口でございます。表へお廻りになってお入りくださいませ。ただ今、茶の支度をいたします」

「ここから入らせてもらう。茶はもらおうか。朝から歩き廻って、喉《のど》が渇いた」

お久は「では……」と、斧を重そうに提げて勝手口から薄暗い土間へのろのろと入り、竈《かまど》のそばの壁に斧をたてかけた。

渋井は刀を腰からはずし、台所の上がり端に腰かけた。小さな火が燃えている竈と流し場のある土間や、粗末な台所の板敷を見廻した。斧をたてかけた壁には、小斧《よき》も並んでいた。助弥と平八は勝手口のそばに立ったが、すぐ隣にとらが獰猛な目を二人へ投げつけつつうずくまったので、二人はそわそわと隅へよけた。お久が竈にかけた鉄瓶の湯で茶の支度をしながら、鉄漿を光らせた。

「そこはとらの普段の居場所ですから、そうしているだけで、怒っているのではありません。大丈夫でございますよ」

茶を一服し、渋井は騙りの一味が捕えられた顚末を、台所の板敷にちんまりと坐ったお久に話して聞かせた。事情はほぼ明らかなため、浅吉と梅蔵兄弟の打ち首は間違いないところだし、一味の頭格らしい額栄という生臭坊主もすでに殺されており、「ご亭主の政吉さんも、成仏できるだろう」と言うと、お久は「さようで」と穏やかに低頭した。

「けどな、聞いたところによると、三人とも騙りでせしめた金は、博奕で殆ど使い果たしているそうだ。浅吉と梅蔵に親類縁者はいねえ。額栄の父親の覚修が竜光寺の住持で、小金を蓄えているから償わせる話も出ている。ただ、どういうお裁きがくだされるか、今はまだなんとも言えねえ」

「罰がくだされたのでございますから、ほかに望みはございません。お金はよろしいのでございます。こんな年寄りです。どうにか食べていければ満足でございますよ」

お久は年寄りらしく、肩をすぼめていっそうちんまりしたふうを見せた。

「罰がくだされた、か……ところで、お久さんには娘さんがいたね。名前はお槇さん。今は木更津にいるんだってな。歳は……」

「三十七歳でございます。わたしが二十九歳のときに生まれた娘でございます。

倅は赤ん坊のときに亡くしまして、お槙ひとりでございます。手のかかる子が四人おります」

「三十七歳で手のかかる子が四人いて、亭主と木更津でか。木更津へいって、娘夫婦や孫たちと暮らさねえのかい」

「お槙もそう言ってくれておりますので、いずれはそのつもりでおります。この一月に亭主が亡くなりましてから、先月の下旬まで木更津へいって、娘夫婦のやっかいになっておりました。ここにいますと、亭主のことが思い出されて、ちょいとつらかったものですから。ですが、亭主の物をここに残したままですし、お世話になった方々に何も言わず江戸を去るのも義理が悪うございます。それで、亭主の荷物の片づけやら挨拶などを済ませるつもりで一旦こちらに戻ってまいりましたところ、この四月の初めにいきなり騙りの一味が捕えられたと大騒ぎになり、しかも一味の頭格が額栄と言う僧で、すでに何者かに殺されたなどと評判が聞こえてまいり、これはきっと、神仏のおとり計らい、お導きに違いなく、驚くやら、ほっとするやらでございました。それならいっそ、浅吉と梅蔵にどんなお仕置きがくだされるのかを確かめるのも亭主の供養と思いたち、お槙には心配をかけますけれど、もう少し、こちらの店にお世話になろうかと思っておるのでございます。お槙から、今しばらくこちらで暮らせるぐらいのお金をわたされておりますので」

するとお加代が浄念寺にきてから姿をくらますまでのちょうど同じころ、お久は木更津の娘夫婦のやっかいになっていたわけだ。何か証拠が、と出かかった言葉を呑みこみ、左右のちぐはぐな目で見つめると、お久は親に叱られた童女のように首をすくめた。

「お久さん、あんた、お加代と言う名の、年のころは四十前後から四十代半ばあたりの女を知らねえかい。小柄でちょいと色っぽく、小料理屋の女将が似合いそうな、そんな女らしいんだ。どういう素性かはわからねえし、本名かどうかも怪しい。だが、働き者で、小柄な割には案外、力も強いはずだ」

「さあ？　そういう歳ごろの人とは、もう縁がございませんね。この歳になりますと、知り合いは、若い人でもみな六十近くになっておりますし、亡くなった人もおります」

「お加代は、隅田川沿いの町屋村と下尾久村の境にある浄念寺という寺で、住みこみ働きをしていた。寝たきりの老いた坊さんがひとりしかいねえ貧乏寺だ。年の明けた一月の半ばすぎから先月の下旬まで、お久さんが木更津の娘さんのところへいっているころらしい」

はあ、とお久は神妙に頷いた。

「じつはな、騙りの一味の頭格の額栄の亡骸が、お加代がいなくなったあとに、その浄念寺の古ぼけた阿弥陀堂で見つかったのさ。額栄は阿弥陀堂で首を吊っていた。但し、自分で首を吊ったんじゃねえ。人に吊るされたんだ。たぶん、お加代にな」

「あら、まあ。四十歳ごろの、小柄でちょいと色っぽいお加代さんが、その額栄を吊るしたのでございますか。恐ろしい女でございますね。でも、女ひとりでそんなことができるのでございますか」

「女ひとり？　なぜ女ひとりとわかる」

お久は、鉄漿をのぞかせ小さく笑った。

「お加代さんひとりではないのでございますか。そう仰っているものと、勝手に思いこんでおりました」

「ふむ。お加代ひとりか仲間がいたか、そいつはわからねえ。ただ、お加代は飼い犬を連れて浄念寺の住みこみ働きをしていたそうだ。黒い毛に褐色の斑模様のある、猟犬の甲斐犬だ。そいつが、お加代の助太刀をした」

渋井は、勝手口の傍らにうずくまったとらへ目を投げた。それに気づいたとらが、精悍な相貌をもたげ、低くうなった。

助弥と平八がびくついて、さらに土間の隅へよけた。

「お加代は新堀川の竜光寺門前の堂前で店頭をやっている原治に雇われていた端女と言っていたが、原治の店にお加代が奉公していたことはなかった。お加代は嘘《うそ》をついていた。ところが、竜光寺は、騙りの一味の額栄の実家だった。で、竜光寺の大黒、すなわち額栄の母親の名がお加代だった。偶然同じ名なのか、もしかしたらわざとお加代の名を使ったのか、そいつはわからねえ。もしわざとなら、妙な悪戯《いたずら》だ。もしもだ、額栄を吊るした女が額栄の母親の名を騙っていたとしたら、これはどういう心持ちなのかね。お久さんはどう思う」

お久の顔が少し赤らみ、すぼめた肩を呼吸に合わせて上下させた。それから、

「そんなむずかしいこと、わたしには……」

と、呟くような小声で言った。

「でも、恨みを感じます。きっとお加代さんは、額栄をひどく恨んでいたんでございますよ。額栄は、わたしら弱い年寄りを騙って大事な蓄えを奪った人でなしでございますから、ほかにも沢山悪事を働いて、あちこちに恨みを買っていたの

ではございませんかね。でございますから、神仏のお導きにより、お加代さんがみなの代わりに、恨みをはらしてくれたのでは……」

渋井はお久のちんまりと坐した風貌に目を凝らした。お久の少し赤らめた顔に、歳に似合わぬ色気があった。

この顔にたっぷりと白粉を塗り、口紅を赤々と描き、眉墨を刷《は》き……

渋井は思い描き、一瞬どきりとした。まさか。あり得ねえ。六十五歳の婆さんだぜ、と腹の中で言った。

「ふむ。御用はそれだけだ。邪魔したな」

渋井は腰をあげ、刀を帯びた。とらが渋井に合わせて起きあがり、ひと声吠えた。

「とら、おやめ」

お久が言った。

七

お加代が何かの恨みをはらすために、額栄を根岸でかどわかして浄念寺へ運び、竹藪の奥の御堂の中で吊るしたのは間違いねえ。仲間がいたかもしれねえがな。

奉行所は、額栄殺しと騙りの一件は別件という見方に傾いていた。騙りに合って蓄えを失った年寄りたちと、四十前後から四十代半ばの年増のお加代とを結ぶ決め手は見つからなかった。それに、お加代の手口は玄人《くろうと》に違いなく、町家の隠居暮らしの年寄りが、お加代のような玄人とかかわりがあるとは思えない、という見たてだ。だから、浅吉と梅蔵兄弟が打ち首になって、この騙りの一件は、ほぼ落着したと思われていた。竜光寺の覚修と女房のお加代に、寺社奉行より倅の額栄の犯した罪の咎めがくだされる前だ。

だが、おれには一件は終わっていなかった。

お加代って誰だ、何者だい。額栄にどんな恨みがあった。そいつがわからねえうちは、どうにもすとんと腑《ふ》に落ちなかったわけさ。

両国《りょうごく》の川開きが近くなったころだ。

蝶八《ちょうはち》という、新寺町の門前を縄張りにしている地廻りがいた。その地廻りの蝶八が、自分は竜光寺の額栄殺しのお加代という女に心あたりがある、お加代を見つける手がかりがある、と言い触らしている噂が、助弥の下っ引から助弥、で、おれの耳に入ってきた。お加代に心あたりがあるのなら、放っておけねえじゃねえか。早速、新寺町の蝶八の話を訊きにいったよ。蝶八は、しけた面の地廻りだった。しょぼしょぼと、つまらねえ雨の降る日だった。蝶八は、しけた面の地廻りだった。まあ、人の面のことは言えねえけどな。お加代に心あたりがあるそうだな、と質すと、にやついて、「旦那、安くはありやせんぜ」とぬけぬけと言いやがった。鼻薬を利かせ、おめえが抱えているごたごたを目こぼししてやると持ちかけたら、約束ですぜ、と念押しして、蝶八はこんな話をした。

上野の御山に桜がまだ咲かねえある宵《よい》、蝶八を武家奉公をしているような頭巾をかぶった女が訪ねてきた。化粧の濃い妖艶な様子の四十すぎごろの年増だ。てめえの名前や素性は明かさず、蝶八が界隈の事情に詳しいと聞いている、竜光寺の倅で額栄という坊主の平素の行状を知りたいので、調べてほしいと頼まれた。蝶八は額栄の、博奕好きやら女好きの噂はいろいろ聞いていて、調べるのはむずかしくなさそうだし、金にもなるしで引き受けた。それにお女中の様子から、ちょいとわけありに思え、好奇心をそそられたこともあった。

年増は蝶八に金を渡し、日をおいてまたくると言い残して帰っていった。

次にきたのはひと月ばかりたった三月の半ばすぎのやはり宵で、頭巾をかぶった妖艶な扮装だった。蝶八は、額栄の下谷広小路の賭場通いやお徳という根岸の馴染みの話をした。女はお徳に関心を持ち、額栄がどんなふうに、月に何回ぐらいお徳と逢っているのかを細かく訊ねた。蝶八はてっきり、この年増は托鉢修行の額栄と懇《ねんご》ろになった武家のお女中で、額栄が若い女に心変わりして逢わなくなったのが諦めきれず、追いかけているんだろうと思った。

なんならもっと詳しく調べましょうかと持ちかけたら、年増はそのときはまた頼むと言って姿を消した。

それから、さらに半月ばかりがたって年増のことも額栄のことも忘れていた三月末だ。豊嶋郡の町屋村の、浄念寺というぼろ寺で額栄が殺され、浄念寺の寝たきりの坊さんの世話に雇われていたお加代という年増がやったらしいという話を聞いて、咄嗟《とっさ》に、あの年増じゃねえか、と蝶八は気づいたってわけだ。

おれは、年増は名前も素性も明かさなかったのに、なぜお加代に心あたりがあるのかと、蝶八を質した。

「それですがね。年増は犬を連れていたんです。黒毛に褐色の模様が斑に入った犬をね。年増の忠実な家来みてえに、主人に無礼を働くと許さねえぞ、というような恐い目で睨みつけるおっかなそうな犬でやした」

おれが、お加代が犬を連れていたのは前からわかっているぜと言うと、「じゃあ、犬の名前はご存じで？」と訊きかえしてきた。おれは、お加代は拾ったばかりで名前はないと名主らに言っていたそうだ、とこたえた。

「ええ、ええ。年増はあっしにもそう言っておりやした。けど、拾ったばかりの名前もつけてねえような犬が、あんなになつくとは思えねえ。でね、二度目の三月にきた折りの帰りにね、年増が一度だけ犬の名を呼んだんですよ。とら、帰るよって。だから、そいつはとらって言うんですかいって訊いたら、年増は何もこたえず黙って帰りました。犬の名はとらです。虎みてえに、褐色の模様がまじっているから、とらですかね。あいつは甲斐犬という気の荒い猟犬だった。年増のお女中の飼い犬には珍しい。とらという名の甲斐犬を飼っている女を探しゃあ、額栄殺しのお加代に突きあたるんじゃねえんですかい」

　蝶八みてえな男が心あたりがあると言う限りは、もうお加代の居どころを突きとめているからなのさ。でなきゃあ金にならねえ。もう見つけたんだろう、とおれは言ったね。

「はは、畏れ入りやす。仰るとおり、とらは見つけやした。たぶん、お加代の居どころは聖天横町の文八郎店でやす。但し、お加代はおらず、お加代の母親か、歳の離れた姉かはわかりやせんが、婆さんととらがおりやした。残念ながら、お加代は見かけちゃおりやせん。ちょいと近所で訊きこみをしますとね、その店は政吉とお久という隠居夫婦が住んでいて、とらという名の甲斐犬を飼っていたそうで。お役人さまはご存じの事と思いますが、じつはこの年明けの一月、亭主の政吉が……」

お久はこってりと塗った白粉顔に、眉墨を糸のように細く、濃く、強く刷いた。すると、目元に、鋭さが生まれた。それから、真っ赤な紅を唇に塗ると、白粉顔全体に妖しげな艶めかしさが生まれた。お久自身も、自分の顔が六十五歳には見えなかった。四十代半ばの二十は若く、いやもっと若く見えた。

笑われるだろうと思いつつ、箕輪町の口入屋の佐田右衛門に三十九歳と言ったら、佐田右衛門は三十九歳だねと、真顔で帳面に記していたし、町屋村の名主の平左衛門や村役人の字兵衛も怪しんでいるふうではなかった。気をよくして、新寺町の蝶八に額栄の行状の調べを頼んだとき、若いころ佐竹家の上屋敷で下女奉公をしていたときに見覚えた奥女中ふうに装って品を作って見せると、蝶八はまんざらでもなさそうだった。

三月のその夜、額栄のかざした提灯の火が、お徳が妾奉公をしている根岸の七郎兵衛の寮を出て、下谷の田んぼ道を樹林の間に見え隠れしつつ近づいてきた。蝶八はいい加減そうな男に見えたが、額栄についての調べは確かだった。

「きた。あれだね」

お久は傍らのとらにささやきかけた。とらがかすかにうなった。小斧《よき》をくるんだ筵莚蓙をかかえる腕や、藪の草を踏み締める足が震えた。駄目なら亭主のところへいくまでさ、とお久は自分を励ました。

下谷坂本町の往来へ出る道端の藪だった。人家からも周辺の寺からも離れていて、月の光もない暗い夜道を、提灯の火が真っすぐに進んできた。淡い小さな光の中に、額栄の饅頭笠と墨染めの僧衣、胸に提げた頭陀袋などが見えた。額栄の托鉢修行僧の姿を、お久ははっきりと思い出した。饅頭笠の下に、間違いなく見覚えのある顔が照らされた。お久は道端の暗がりから、ふらり、と額栄の三間《けん》（約五・四メートル）ほどゆく手に進み出て、

「もし、そこのお坊さん」

と、低い声を媚《こび》を含んだ口調で隠した。提灯の火が震え、歩みが止まった。

「誰だっ」

若く甲走《かんばし》った声だった。その声の軽さに、こんな若造かい、と思った。

「ちょいと遊んで、いかないかい？」

額栄が提灯を前方へかざした。お久は手拭を吹き流しにかぶった相貌を斜にかまえ、赤い唇の間から白い歯を嫣然《えんぜん》とのぞかせた。

「なんだ、夜鷹《よたか》か。いきなり現れたから、吃驚《びっくり》したぞ」

「吃驚させたかい。ふふ、若いお坊さんだね。お坊さんのくせに、今ごろまでどこへいってたんだい。きっと、根岸のお金持ちの寮だね。情婦《いろ》がいて、旦那に隠れてこっそりとかい。お坊さんにしてはなかなかいい男だからね。ねえ、遊んでいきなよ。お代はたったの二十四文さ。どうだい」

額栄の顔が提灯に照らされ、夜鷹への嘲《あざけ》りが陰影を描いた。

「二十四文？　高いな。婆《ばば》あじゃないか。婆あ、歳は幾つだ」

「歳？　二十九……」

「ぐふ、笑わせるな。若作りにしているが、本当はもう四十を超えているだろう」

「いいじゃないの、歳のことなんか。あんたのおっ母さんよりは若いよ。おっ母さんより優しくしてあげるからさ」

お久への好色を、額栄は見せた。

「よし。面白そうだ。婆あ、案内しろ」

「こっちさ。火は消していいよ」

額栄は、提灯の火を吹き消した。

お久は筵莨蓙を抱えて、野道をそれ、藪の中に分け入った。藪を通り抜けると雑木林があり、草むらがさわさわと鳴った。額栄の気配がすぐ後ろに従っていた。道からだいぶ離れ、木だちの黒い影に囲まれた場所にきた。額栄がじれて、「まだか」と言った。

「ここだよ」

お久は立ち止まり、背中でこたえた。

「こんなところでか」

「これにくるまれば、大丈夫さ」

と、筵莨蓙を投げ捨てた。うん？　と額栄はお久の仕種《しぐさ》に首をかしげた。お久がふりかえった。二人は一間（約一・八メートル）もなしに向き合った。暗くて顔つきは見えないが、額栄の身体つきは小柄なお久よりだいぶ大きかった。お久は手に小斧《よき》をにぎっていた。政吉の使っていた斧は持ち運びに不便なため、小斧にした。これなら片手で揮《ふる》える。

額栄は、お久の手にしている物が小斧だとは気づかなかった。お久が片手をあげ、それをかざしてもまだ気づかず、ぼうっと見ていた。吹き流しの中で、顔が醜《みにく》く歪んだので、

「婆あ、どうした？」

と言った途端、お久は小斧の峰を打ち落とした。刃のほうでは、一撃で額栄を殺してしまいかねなかった。ここでは、気を失わせるだけのつもりだった。

「くうっ」

と、押し殺した吐息が出た。

小斧は額栄の饅頭笠の縁を音をたてて破ったが、顔面には届かなかった。踏みこみが甘かった。額栄は、「わあっ」と仰《の》け反《ぞ》り、一歩退《ひ》いた。お久は、再び小斧をふり廻した。

「や、やめろっ」

間一髪、額栄はお久の手首をにぎり、小斧をかろうじて防いだ。そして片方の手でお久の喉首をつかんで押し退《の》けた。

お久もその手首をつかみ、唇を嚙《か》み締め、顔をゆさぶって押し退けられまいと

争った。かぶっていた吹き流しの手拭が、はらはらと舞い落ちた。つかみ合いになると、小柄なお久の力では敵《かな》わなかった。

「追剝ぎか。化け物」

額栄が喚いた。と、そのとき、闇の中からとらがうなり声をあげて額栄に躍りかかった。とらの牙が額栄の二の腕に咬みつき、鋭い爪が衣を引き裂いた。二の腕が食い破られ、激しい力で引き摺《ず》り倒されそうになった。額栄は悲鳴を発した。思わず、お久の手首を放した。

すかさず、お久は額栄の饅頭笠の上へ小斧をふり落とした。額栄の頭蓋が鈍い音をたてた。悲鳴が途ぎれ、饅頭笠は大きく割れた。身体を震わせ、両膝を落とした。そこへ横薙《よこな》ぎに額栄の顎へ小斧を浴びせた。額栄の顎がえぐれ、声もたてず、木偶《でく》のようにぐったりと倒れた。二の腕に咬みついたとらがうなりながら額栄を引き摺った。

「とら、おやめ」

お久はとらを止め、額栄がもう起き上がってくる様子がないことを確かめた。

手足を厳重に縛りあげ、さらに手拭で猿轡をしっかり嚙ませた。用意していた連尺と畚《もっこ》を持ち出し、畚に額栄を入れ、連尺の板にくくりつけた。

連尺は畳職人の政吉が、畳を結わえて運ぶために前から持っていた道具である。畚は、引っ越しの古道具を運ぶためと言って、今戸《いまど》町の瓦屋から荒縄とともに安く譲り受けた。

それから着物の裾《すそ》を端折《はしょ》り、木の幹にすがって小柄な背中へ連尺を、「よいしょ」と背負った。

年寄りのくせにと言われるので隠しているが、お久は力が強かった。額栄を背負ってしまえば、なんとかなった。そのうえに筵莫蓙をすっぽりとまとい、額栄の破れた饅頭笠をかぶって、物乞いのような恰好になった。これなら夜道で人に出会っても、なんとかごまかせるし、いざとなればとらがいる。

「とら、いくよ」

とらが吠えた。

前もって調べていた真っ暗な田んぼ道を、隅田川端の浄念寺へ目指した。根岸からだいぶ離れたところで、額栄が持っていた提灯に火を入れた。幸い、誰とも出会わなかった。

一刻後、額栄は浄念寺の床板が軋む古い阿弥陀堂で激しい喘《あえ》ぎを繰りかえし、震えていた。一尺半（約四五センチ）余の踏み台があって、額栄は後手に縛られ、台の上へ爪先立ちに立たされていた。首には太い荒縄が巻きつけられ、荒縄は御堂の屋根裏の梁を巻いて、床板が破れて床下にのぞく根太へぴんとのびて結びつけられていた。

足の震えが踏み台に伝わり、かたかたと音をたてた。踏み台がはずれたら、額栄の首は梁に吊るされる。

額栄の乱れた髪の間からたれていた血は、額と頬、顎に幾筋かの縞《しま》を残し、止まっていた。ただ、御堂の中で水をかけられ気がついてから、めそめそと泣き続けているため、頬に血と涙と水の赤黒い網のような模様を残していた。とらに食い破られた右の二の腕は、血がじくじくとにじみ出て、ひどい痛みは治まらなかった。

そんな額栄を見あげながら、お久は床にちんまりと坐り、こってりと塗った白粉や紅や眉墨を、手拭でぬぐい落としていた。お久の傍らには、とらが気を昂《たか》ぶらせて坐り、命令が出ればいつでも飛びかかれるように備えていた。床にたてた一本の蠟燭が、お久の顔の、濃い化粧がだんだん斑模様になっていく跡を、不気味に照らしていた。さっきの田んぼ道で見た四十前後の妖艶な年増が、次第に老婆に顔を変えていく様を見て、額栄は化け物の変化を見ている気がして、総毛だった。

　恐怖の悲鳴を必死に堪えた。悲鳴をあげたり、大声で助けを呼んだりすると、お久に踏み台をはずされるからだ。

「いいんだよ。助けをお呼び。助けがくるより、この台をはずすほうが早いだろうがね。ほら、お呼び。お呼びったら」

　と、小斧で踏み台を叩き、台を少しずつ額栄の足下からずらすのだった。

「あ、あぶない。やめてくれ。声は、出さない。大人しくする。や、やめて……」

　と、額栄は必死に頼んだ。

「なんでこんなひどい目に、合わせるんだ。金がほしけりゃ持っていけよ。頭陀袋に入っている金が全部さ。わたしは、ほ、仏に仕える身だ。金なんか持ってないんだ」

「仏さまに仕える身だってかい。笑わせるんじゃないよ。おまえはね、自分のやった事の報いを受けているのさ。仏さまは見逃しても、わたしは見逃さないよ」

「わたしが、何をやったと言うんだ。あんたに会うのは、初めてじゃないか」

「初めてじゃない。これから、だんだんわからせてやる。だんだん、後悔するんだね」

そう言って、お久は化粧を落とし始めたのだった。束ね髪の生え際に白粉の跡を残して化粧を落とすと、薄気味悪く微笑んだ。

「どうだい。これがわたしの本当の顔さ。思い出したかい」

額栄は、老婆の顔に見覚えはなかった。

「知らない。は、初めてだよ。誰なんだ」

「名前は、ここではお加代さ。おまえのおっ母さんの名前だよ。おまえのおっ母さんに恨みはないけど、戯れにつけたのさ。いい気味だと思ってね。それぐらい、いいだろう。だからお加代さんとお呼び」

お久は小斧を手にして立ちあがった。

「おまえを初めて見たのは、半年前の秋の終わりだった。亭主の具合が悪くてね。豊嶋村の西福寺へ、具合がよくなりますようにと、亭主と一緒にお参りにいったときだった。その戻りに、ちょいと遠廻りをして、根岸を通ったのさ。そこで偶然、おまえを見かけたんだ。饅頭笠をかぶり、その恰好と同じ托鉢修行の形のおまえが、小綺麗《こぎれい》なお店に入っていくところだった。表戸の中の暗がりから白い手がのびて、おまえの手を引いているのが見えた。おまえは、あたりをうかがうみたいにちらりと見廻した。そのとき、そのお店の垣根の外を、わたしと亭主が通りかかっていたのを、おまえは気づかなかったのかい。あとになって、金杉村の近辺でさり気なく訊いて廻ったら、おまえはあのあたりではよく見かける、新堀川の竜光寺というお寺の修行僧なんだってね。おまえが明るいうちからこっそり入ったお店は、駒形町の七郎兵衛の寮で、お徳という妾が奉公しているんだってね。修行僧のおまえがお妾奉公のお徳と、明るいうちから何をしていたんだい」

額栄は歯を食いしばり、ぐぐ、とうめいた。

「その次は、正月の七草粥がすぎた今年の初めだった。聖天横町の小路から往来へ曲がりかけたおまえと、戻ってきたわたしがすれ違ったんだよ。おまえは、どういうわけか托鉢修行の形じゃなく、編笠で頭を隠し、茶羽織の下にお仕着せふうの長着の商人風体だったね。あのとき、わたしと目を合わせたのを覚えていないかい。無理もないけどね。わたしも、おまえを見かけて、おや？　とは思っただけで、根岸で見たあの托鉢修行僧とは思いもしなかった。おまえが商人みたいな形をして通りかかったとき、わたしの亭主を騙り、畳職人をひと筋に勤めあげて蓄えた大事なお金を奪ったあとだったんだね。聖天横町の政吉って言うんだ、おまえが騙ったわたしの亭主は。忘れやしないね」

「知らない。わたしは修行僧だ。騙りなんかやってない」

「知らないだって？　白をきる気かい。わたしはおまえを見たんだよ。商人風体に拵《こしら》えて聖天横町を通りかかったおまえを。そんなあたしに、よくも白々とそんな嘘が言えるね。人を馬鹿にするのもいい加減におし。おまえの人を馬鹿にしたその目を、わたしははっきりと覚えているんだよ」

お久は小斧で踏み台を叩いた。踏み台が震え、爪先だった額栄の身体が左右にかしいだ。

「く、苦しい。やめて、くれ」

蠟燭の炎が、額栄の残り少ない命のように、心細げにゆれた。

「まだ知らないと言う気かい。人を騙していないと言う気かい。人を馬鹿にしていないと言う気かい。人を蔑《さげす》んでいないと言う気かい。人を苦しめていないと言う気かい」

踏み台を叩いた。踏み台がわずかにずれ、ぐぐ、と額栄のうめき声がもれた。乾いた血で汚れた頰を、新たな涙がいく筋も伝った。

「許して、許してくれ。ただ、言われて、命令されて、し、仕方なく、やらされただけだ。わたしは、手下なんだ。かか、頭は浅吉だ。柳原の大門町の、てきやだ。弟の梅蔵と、二人組だ。浅吉と梅蔵の、言うなりにやらされたんだ。金は、ふ、二人が持っている。わたしは、わずかな分け前しか、もらってない。金は、あいつらが持っている。あいつらが、全部、たくらんだ。わたしじゃない。信じてくれ。あいつらが、本当の悪党なんだ」

額栄が涙を絞りながら、見苦しく言い募った。お久は呆れた。

「お黙り」

「本当です。わたしは命令されただけです。もうしません。許してください。政吉さんに詫《わ》びます。詫びにいって、政吉さんにお金もかえしますから……」

「お黙りったら」

お久は言った。

「亭主はね、自分のことがだんだんとわからなくなっていたんだよ。自分の覚えたこと、身につけたこと、自分の生きてきたときと、一緒に生きた人のことが、あれが消え、これが消えるみたいにわからなくなった。ただ、亭主はわたしらのひとり娘のことはまだ忘れちゃいなかった。だって、大事なひとり娘だもの。どんなに惚けたって、娘のことは簡単には忘れないよ。おまえたちは、娘夫婦が困っていると亭主を騙して、お金を奪ったんだね。娘を心配する親の気持ちを操って……」

「二度としません。お詫びします。政吉さんに許してもらえるまで、お詫びします」

「おやおや、知らなかったのかい。おまえ、他人《ひと》のことはどうでもいいんだね。他人がどうなろうと気にならないんだね。おまえは狡《ずる》い男だ。わたしら年寄りにはおまえの狡さがわかる。もう手遅れなんだよ。亭主はね、おまえに騙されたと知って自分がいやになり、自分の何もかもがわからなくなる前に、首を吊ったんだよ。おまえの詫びる相手は、もうこの世にはいないんだよ。おまえは今、その報いを受けて吊るされているんだよ。おまえが本心で亭主に詫びるつもりなら、あの世へいって、亭主に詫びるしかないんだよ」

お久が言うと、額栄が啞然《あぜん》とした。爪先から頭の先までを小刻みに震わせ、顔を醜く歪ませた。そして、御堂の暗がりを引き裂くような悲鳴をあげた。

「助けてえ。ひ、人殺しぃぃぃ」

額栄の悲痛な叫び声が響きわたった。とらが吠え、蠟燭の炎がゆれた。お久は小斧を高々とかざした。お久の小柄な身体に、力と怒りがこもった。

あんた、この男をそっちへ詫びにいかせるからね、とお久は政吉に言った。それから踏み台が倒れ、御堂の梁が、ぎりぎり、と音をたてて軋み、夜の静寂がいっさいを覆い隠した。

と、これはおれの推量さ。本当にそんなふうだったかどうか、わかりゃしねえ。けど、おれにはそう思えてならねえ。

地廻りの蝶八の話を聞くまでは、もしかしたら、お加代はお久の娘のお槙じゃねえか、と疑ったときもあった。だが違うな。娘のお槙は父親の政吉似で、大柄な女だ。小柄な女じゃねえ。お加代はお久さ。お久が化けたのさ。そうとしか思えねえ。お久ならできる。だからやってのけた。六十五の婆さんが、ひとりで全部やってのけたのさ。ふん、大したもんじゃねえか。

おれはむろん、しょぼ降る雨の中を、助弥と平八を従え、聖天横町へ向かった。当然というか、お久の店は空家になっていた。家主の文八郎によれば、半月ばかり前、お久は木更津の娘夫婦のやっかいになると言って、旅だったそうだ。

おれたちは勝手口に廻って、暗くてちょっとかび臭い土間に入った。おれは台所の板敷の上がり端に腰かけた。お久が板敷にちんまりと坐り、とらが勝手口の

そばでうずくまっている様が見えるような気がしたぜ。助弥が気にして、

「旦那、どうしやす」

と訊くから、

「何を」

と、おれは訊きかえした。

「木更津の娘夫婦のもとに、お久はいるんじゃありやせんか。このままほっとくわけじゃねえんでしょう」

だから、おれはこたえた。

「こっちには関係のねえ話だ。木更津に問い合わせることなんぞ、何もねえ。この一月から三月までお久が世話になっていたかどうかとか、お久は今そちらにいるのかどうかとか、そんな関係ねえことを問い合わせる気はねえさ」

助弥と平八は顔を見合わせ、ふうん、と頷き合っていた。

じつはな、お久の話を訊きにきて話が済んだあと、おれは見たんだよ。隣家との境の軒下を戻るとき、小さな明かりとりがあって、たてた障子戸に隙間が開いていた。その隙間から部屋の中が見え、きたときは気づかなかったんだが、箪笥の上に政吉の位牌と骨壺が祀《まつ》ってあったのさ。で、その前にお久がいてさ、お久

は踊っていたんだ。あらよ、こらさって、手をひょいひょいとかざしてな。明かりとりの障子戸の隙間から、まさかおれが見ているとも気づかずにさ。けど、ちらっとだよ。おれはすぐに目をそむけ、見てないふりをした。だって、そうだろう。お久がなんだかとても嬉しそうでさ。ひとりで嬉しがっているのを、こっそりのぞくなんて、悪いじゃねえか。

おれは、あのときのお久の嬉しそうな様子を思い出していたら、あの夜のお久の姿が目に浮かんできた。

お久は、梁に吊るされた額栄に掌を合わせ、御堂を出た。手には提灯を提げ、背中には小さな行李《こうり》をかついでいたんじゃねえか。丸髷か、束ね髪か、どんな髷に結っていたかは知らねえが、手拭を吹き流しにそよがせ、たぶん、隅田川堤を戻っていった。夜明けにはまだ間があって、星空が覆って、暗い川面に星の光を映していたかもしれねえな。とらは、前や後ろをいったりきたりしてお久を守り、きっと、蛙の鳴き声が、野良のどこかから聞こえてきただろう。

でだ、その途中、お久は手をひょいとかざすのさ。それから、提灯の火をひょいとゆらすのさ。また手をひょいとかざし、提灯の火をひょいとゆらし、あらよっと手をかざし、こらさっと提灯をゆらし、ほんのちょっと満足げに、ほんのちょっと嬉しそうに、さり気なく踊り始めるのさ。踊りながら、黙って夜の隈田川堤をゆくと、とらも嬉しそうに少しは吠えたかもしれねえ。いや、お久だって少しは、あらよ、こらさ、と調子をとっていたかもしれねえな。

なんでそんなふうに思うのかって？

さあ、なんでかな。なんでかはわからねえが、そんなふうなお久の姿が目に浮かんでならねえ。亭主の位牌と骨壺の前で、踊っていたみたいにな。

お久の一件はそれで終わりさ。

それ以後、お久の消息は聞いていねえ。あれから十年がたつ。お久が生きてりゃあ七十五だ。生きてりゃあ今ごろ、亭主の残した斧で、がつん、と薪をまだ割っているのかな。とらも歳をとったろうな。どうで、こっちには関係ねえが。

解説　幅広い「楽」の要素に実力派三人が挑む

文芸評論家　末國善己《すえくによしみ》

二〇一五年に祥伝社文庫が創刊三〇周年を迎えたのを記念し、人気時代小説作家が「喜」「怒」「哀」「楽」をテーマにしたアンソロジーで競演する夢の企画は、既《すで》に『欣喜《きんき》の風』『怒髪《どはつ》の雷』が上梓された。今回、『哀歌《あいか》の雨』と同時刊行されるのが、本書『楽土《らくど》の虹』である。

よく人を泣かせるより、笑わせる方が難しいといわれるが、これは一面の真理を突いている。病気で苦しむ人、戦争や災害で亡くなった人、差別や貧困といった社会問題に直面している人の話を聞けば、涙しても、笑い出す人間はいないはずだ。このように感情を揺さぶり、涙を誘うポイントはすぐに見つけることができる。だが笑いのツボは人によって差が大きく、これを出せば笑わせられるという必須条件を探すのが難しい。ただ笑いも、一発ギャグのように出会い頭《がしら》だと思わずこぼれることもあるが、それは心から楽しんでいるのとは少し違っている。

このように考えると、人を楽しませ、笑顔にするような物語を作るのは、作家にとって最も難しい作業といえるかもしれない。この難問に挑んだのが、風野真知雄《かぜのまちお》、坂岡真《さかおかしん》、辻堂魁《つじどうかい》の実力派三人である。

風野は、二〇一五年に、〈耳袋秘帖《みみぶくろひちょう》〉シリーズで第四回歴史時代作家クラブ賞のシリーズ賞を、徳川家康《とくがわいえやす》と会談するため冬の飛騨《ひだ》山脈を越えた佐々成政《さっさなりまさ》を描く歴史小説『沙羅沙羅《さらさら》越え』で第二十一回中山義秀《なかやまぎしゅう》文学賞を受賞した。坂岡は、主人公の矢背蔵人介《やせくらんどのすけ》を支える人物に焦点をあてた短編集『鬼役外伝』を出すほど、代表作の〈鬼役〉シリーズを育て、辻堂の〈風の市兵衛《いちべえ》〉シリーズは、祥伝社文庫を代表する作品の一つになるなど、三人は常に成長を続けている。

しかも収録作は、ミステリタッチの作品あり、剣豪小説のエッセンスがある作品あり、人情味が強い作品ありと各作家が持ち味を発揮しているのだ。泣かせる、笑わせるより遥《はる》かに幅が広い「楽」の要素を、三人がどのように出してくるのかも、楽しみにして欲しい。

風野真知雄は、和田竜《わだりょう》『のぼうの城』より早く忍城《おしじょう》の戦いを描いた歴史小説『水の城　いまだ落城せず』、ドラマ化されたユーモア時代小説〈妻は、くノ一〉、戦国時代を舞台に、くノ一とゾンビの戦いを描く伝奇小説〈くノ一秘録〉など多彩なシリーズを発表している。その柱の一つが、座敷牢《ざしきろう》に入れられた勝小吉《かつこきち》が、息子・麟太郎《りんたろう》（後の海舟《かいしゅう》）の何気ない動作から事件解決の手掛かりを得る安楽《あんらく》椅子《いす》探偵もの〈喧嘩旗本　勝小吉事件帖〉、捕物帳では珍しい倒叙《とうじょ》ものの〈同心亀《かめ》無剣之介《なしけんのすけ》〉などの時代ミステリである。大店《おおだな》の若旦那が探偵役のユーモア推理「いよっ、**若旦那**」も、鮮《あざ》やかな謎解きが楽しめる。町を歩けば、「若旦那」と声を掛けられる人気ものの主人公は、「若さま」と呼ばれる正体不明の武士が活躍する城昌幸《じょうまさゆき》の名作〈若さま侍捕物手帖〉へのオマージュのようにも思える。日本橋室町《にほんばしむろまち》に店を構える伊那《いな》屋の主人は、名工・左甚五郎《ひだりじんごろう》が彫った見猿《みざる》、聞《き》か猿《ざる》、言《い》わ猿《ざる》を集めていて、既に二体は手に入れていた。立花《たちばな》屋の隠居に、最後の一体を破格の三十両で入手してもらうことになった主人は、若旦那に金を届けさせた。若旦那は、隠居のところに行くも、すぐに三十両を持って吉原《よしわら》へ。ところが隠居の死体が見つかり、若旦那は殺人の容疑をかけられてしまうのである。

若旦那は、身の潔白を証明するために動きだすが、相も変わらず吉原に通うので、真面目に捜査をしているように思えない。だが終盤になると、事件とは無関係に思えた証言やエピソードが、重要な伏線だと分かるので驚きも大きい。特に、現場に残された猿の置物の足に彫られた「左」の解釈は、実に面白い。

坂岡真は、将軍家の毒味役・御膳《ごぜん》奉行にして、秘《ひそ》かに暗殺役も務める矢背蔵人介が田宮《たみや》流抜刀術で悪を斬る〈鬼役〉、左遷《させん》で北町奉行所勤務になったのうらく者（能天気な変わり者）の葛籠桃之進《つづらもものしん》が、奉行所のあまりの腐敗ぶりに正義に目覚める〈のうらく侍〉、父に勘当され、江戸に出てきた邪道の剣・雖井蛙《せいあ》流の使い手・毬谷慎十郎《まりやしんじゅうろう》が、剣客と戦ったり、陰謀に巻き込まれたりしながら成長していく〈あっぱれ毬谷慎十郎〉など、シリアスからユーモラスなものまで幅広いジャンルの作品を発表している。ただ、どの作品にも共通しているのは、実在する剣の流派の対決を、丁寧《ていねい》な考証を交《まじ》えてリアルに描いていることである。

「多生の縁」の主人公・鈴木一郎《すずきいちろう》は、牛蒡《ごぼう》のように色黒で長身、人当たりがよい好人物だが、実は無外《むがい》流の達人。道場の経営のため、金で免状を買いたいという大身《たいしん》の息子に負けて欲しいという頼みを断るなど、剣には妥協《だきょう》をしない一面もある。一郎は鮮やかな剣技も見せるので、剣豪ものが好きなら特に楽しめる。

幕臣の一郎は、還暦《かんれき》を過ぎ、現代的にいえば軽い認知症で、徘徊《はいかい》することもある父の介護をしており、二十七歳を過ぎても独身である。現代では、晩婚化が進み、親の介護を理由に仕事を辞《や》める人も増えているので、一郎の境遇には、身につまされる方もいるのではないだろうか。

そんな一郎が、悪漢に襲われている商家の娘を助けた。どうやら娘は、一郎と同姓同名ながら大御番の組頭を務める大身の子息と結婚をするらしい。しかも、その子息は、無外流の免状を買おうとした張本人だったのだ。助けた娘に惹《ひ》かれ始めた一郎の恋の行方、そして剣客としての矜持《きょうじ》が物語を牽引《けんいん》することになる。一郎が、親の介護に追われ、武家社会のルールにも翻弄《ほんろう》される等身大の存在だけに、最後の一行には心が洗われるだろう。


辻堂魁は、読売屋《よみうりや》の水月天一郎《みなづきてんいちろう》が、難事件に挑む〈読売屋天一郎〉、切腹の介《かい》錯《しゃく》を行う別所龍玄《べっしょりゅうげん》が、武家のトラブルを解決する〈介錯人別所龍玄始末〉など、特殊な技能を持ったヒーローを生み出している。その原点は、臨時に雇われ武家の財政を立て直す渡《わた》り用人《ようにん》にして、「風の剣」を使う唐木市兵衛《からきいちべえ》が、算勘の才と剣の腕を用いて不正を暴き、悪と戦う〈風の市兵衛〉シリーズである。

「鬼しぶ事件帖」は、闇の鬼さえ渋面《じゅうめん》になるほどの悪相ながら、市兵衛の協力者としてシリーズには欠かせないキャラクターになっている北町奉行所定町廻《じょうまちまわ》り同心・渋井鬼三次《しぶいきさじ》（通称《鬼しぶ》）を主人公にしたスピンオフ作品である。

わずかな蓄《たくわ》えを切り崩しながらつつましく暮らす老人から金を騙《だま》し取る事件が連続した。《とら》と名付けた甲斐犬《かいいぬ》と暮らすごく普通の老夫婦も、娘の亭主が店の手形を紛失したとの話に騙されて全財産を失い、夫は自殺した。それからふた月半、行方不明になった僧の行方を追っていた《鬼しぶ》は、問題の僧の腐乱死体が、荒れ果てた寺で首を吊《つ》った状態で見つかったとの知らせを受ける。

作中には、現代でも深刻な社会問題になっている振り込め詐欺に加え、老後に財産を失うと、働く場所も頼る人も少ないため一気に貧困化する、いわゆる〝下流老人〟の問題までが生々しく描かれているので、読み進めるのが辛《つら》くなるほどである。それだけに、どこに「楽」の要素があるのか戸惑うかもしれない。

だが、心配は無用に願いたい。二つの事件が、犬の《とら》を軸に意外な形で繋《つな》がった先には、思わず溜飲《りゅういん》を下げてしまう《鬼しぶ》の名裁きが用意されているのだ。心地よく本を閉じることができる最終話の「鬼しぶ事件帖」は、まさに掉尾《ちょうび》を飾るに相応《ふさわ》しいといえる。

タイトルにある「楽土」は、心配や苦労がなく、楽しい生活が送れる楽園のことである。だが現代の日本は、少子高齢化や格差の拡大、未来に希望が持てる政治、経済の状況になっていないなど、「楽土」とは程遠くなっている。

　このような時代だからこそ、楽しい気持ちにしてくれる本書の収録作は、読者の心を潤《うるお》す清涼剤となるのは間違いない。だが、それは辛い現実を、ひととき忘れさせてくれるだけではない。矛盾《むじゅん》に満ちた社会を、「楽土」に変えていくための手掛かりも隠されているのだ。その意味で本書は、厳しい現実と闘い、明るい未来を切り開く勇気も与えてくれるのである。

〈初出一覧〉

いよっ、若旦那　風野真知雄　『小説ＮＯＮ』二〇一六年四月号
多生の縁　坂岡　真　『小説ＮＯＮ』二〇一六年一月号
鬼しぶ事件帖　辻堂　魁　『小説ＮＯＮ』二〇一六年二月号

一〇〇字書評

切・り・取・り・線

購買動機（新聞、雑誌名を記入するか、あるいは○をつけてください）

□（　　　　　　　　　　　　　）の広告を見て
□（　　　　　　　　　　　　　）の書評を見て
□ 知人のすすめで　　　　□ タイトルに惹かれて
□ カバーが良かったから　□ 内容が面白そうだから
□ 好きな作家だから　　　□ 好きな分野の本だから

・最近、最も感銘を受けた作品名をお書き下さい

・あなたのお好きな作家名をお書き下さい

・その他、ご要望がありましたらお書き下さい

住所	〒				
氏名		職業		年齢	
Eメール	※携帯には配信できません		新刊情報等のメール配信を 希望する・しない		

この本の感想を、編集部までお寄せいただけたらありがたく存じます。今後の企画の参考にさせていただきます。Eメールでも結構です。

いただいた「一〇〇字書評」は、新聞・雑誌等に紹介させていただくことがあります。その場合はお礼として特製図書カードを差し上げます。

前ページの原稿用紙に書評をお書きの上、切り取り、左記までお送り下さい。宛先の住所は不要です。

なお、ご記入いただいたお名前、ご住所等は、書評紹介の事前了解、謝礼のお届けのためだけに利用し、そのほかの目的のために利用することはありません。

〒一〇一‐八七〇一
祥伝社文庫編集長　坂口芳和
電話　〇三（三二六五）二〇八〇

祥伝社ホームページの「ブックレビュー」からも、書き込めます。

http://www.shodensha.co.jp/bookreview/

祥伝社文庫

競作《きょうさく》時代《じだい》アンソロジー　楽土《らくど》の虹《にじ》

平成28年4月20日　初版第1刷発行

著　者　風野真知雄《かぜのまちお》　坂岡真《さかおかしん》　辻堂魁《つじどうかい》
発行者　辻　浩明
発行所　祥伝社《しょうでんしゃ》
東京都千代田区神田神保町3-3
〒101-8701
電話　03（3265）2081（販売部）
電話　03（3265）2080（編集部）
電話　03（3265）3622（業務部）
http://www.shodensha.co.jp/

印刷所　図書印刷
製本所　図書印刷
カバーフォーマットデザイン　中原達治

ISBN978-4-396-34208-1 C0193